徐文长故事

徐文长故事

总主编 杨建新

浙江省非物质文化遗产代表作丛书

浙江摄影出版社

李永鑫 主编

王浩先 编著

总 序

浙江省人民政府省长　夏宝龙

非物质文化遗产是人类历史文明的宝贵记忆，是民族精神文化的显著标识，也是人民群众非凡创造力的重要结晶。保护和传承好非物质文化遗产，对于建设中华民族共同的精神家园、继承和弘扬中华民族优秀传统文化、实现人类文明延续具有重要意义。

浙江作为华夏文明的发祥地之一，人杰地灵，人文荟萃，创造了悠久璀璨的历史文化，既有珍贵的物质文化遗产，也有同样值得珍视的非物质文化遗产。她们博大精深，丰富多彩，形式多样，蔚为壮观，千百年来薪火相传，生生不息。这些非物质文化遗产是浙江源远流长的优秀历史文化的积淀，是浙江人民引以自豪的宝贵文化财富，彰显了浙江地域文化、精神内涵和道德传统，在中华优秀历史文明中熠熠生辉。

人民创造非物质文化遗产，非物质文化遗产属于人民。为传承我们的文化血脉，维护共有的精神家园，造福子孙后代，我们有责任进一步保护好、传承好、弘扬好非物质文化遗产。这不仅是一种文化自觉，是对人民文化创造者的尊重，更是我们必须担当和完成好的历史使命。对我省列入国家级非物质文化遗产保护名录的项目一项一册，编纂"浙江省非物质文化遗产代表作丛书"，就是履行保护传承使命的具体实践，功在当代，惠及后世，有利于群众了解过去，以史为鉴，对优秀传统文化更加自珍、自爱、自觉；有利于我们面向未来，砥砺勇气，以自强不息的精神，加快富民强省的步伐。

党的十七届六中全会指出，要建设优秀传统文化传承体系，维护民族文化基本元素，抓好非物质文化遗产保护传承，共同弘扬中华优秀传统文化，建设中华民族共有的精神家园。这为非物质文化遗产保护工作指明了方向。我们要按照"保护为主、抢救第一、合理利用、传承发展"的方针，继续推动浙江非物质文化遗产保护事业，与社会各方共同努力，传承好、弘扬好我省非物质文化遗产，为增强浙江文化软实力、推动浙江文化大发展大繁荣作出贡献！

前　言

浙江省文化厅厅长　杨建新

　　"浙江省非物质文化遗产代表作丛书"的第二辑共计八十五册即将带着墨香陆续呈现在读者的面前，这些被列入第二批国家级非物质文化遗产保护名录的项目，以更加丰富厚重而又缤纷多彩的面目，再一次把先人们创造而需要由我们来加以传承的非物质文化遗产集中展示出来。作为"非遗"保护工作者和丛书的编写者，我们在惊叹于老祖宗留下的文化遗产之精美博大的同时，不由得感受到我们肩头所担负的使命和责任。相信所有的读者看了之后，也都会生出同我们一样的情感。

　　非物质文化遗产不同于皇家经典、宫廷器物，也有别于古迹遗存、历史文献。它以非物质的状态存在，源自于人民的生活和创造，在漫长的历史进程中传承流变，根植于市井田间，融入百姓起居，是它的显著特点。因而非物质文化遗产是生活的文化，百姓的文化，世俗的文化。正是这种与人民群众血肉相连的文化，成为中华传统文化的根脉和源泉，成为炎黄子孙的心灵归宿和精神家园。

新世纪以来，在国家文化部的统一部署下，在浙江省委、省政府的支持、重视下，浙江的文化工作者们已经为抢救和保护非物质文化遗产做出了巨大的努力，并且取得了丰硕的成果和令人瞩目的业绩。其中，在国务院先后公布的三批国家级非物质文化遗产名录中，浙江省的"国遗"项目数均名列各省区第一，蝉联三连冠。这是浙江的荣耀，但也是浙江的压力。以更加出色的工作，努力把优秀的非物质文化遗产保护好、传承好、利用好，是我们和所有当代人的历史重任。

编纂出版"浙江省非物质文化遗产代表作丛书"，是浙江省文化厅会同财政厅共同实施的一项文化工程，也是我省加强国家级非物质文化遗产项目保护工作的具体举措之一。旨在通过抢救性的记录整理和出版传播，扩大影响，营造氛围，普及"非遗"知识，增强文化自信，激发全社会的关注和保护意识。这项工程计划将所有列入国家级非物质文化遗产保护名录的项目逐一编纂成书，形成系列，每一册书介绍一个项目，从自然环境、起源发端、历史沿革、艺术表现、传承谱系、文化特征、保护方式等予以全景全息式的纪录和反映，力求科学准确，图文并茂。丛书以国家公布的"非遗"保护名录为依据，每一批项目编成一辑，陆续出版。本辑丛书出版之后，第三辑丛书五十八册也将于"十二五"期间成书。这不仅是一项填补浙江民间文化历史空白的创举，也是一项传承文脉、造福子孙的善举，更是一项需要无数人持久地付出劳动的壮举。

在丛书的编写过程中，无数的"非遗"保护工作者和专家学者们为之付出了巨大的心力，对此，我们感同身受。在本辑丛书行将出版之际，谨向他们致上深深的鞠躬。我们相信，这将是一件功德无量的大好事。可以预期，这套丛书的出版，将是一次前所未有的对浙江非物质文化遗产资源全面而盛大的疏理和展示，它不但可以为浙江文化宝库增添独特的财富，也将为各地区域发展树立一个醒目的文化标志。

时至今日，人们越来越清醒地认识到，由于"非遗"资源的无比丰富，也因为在城市化、工业化的演进中，众多"非遗"项目仍然面临岌岌可危的境地，抢救和保护的重任丝毫容不得我们有半点的懈怠，责任将驱使着我们一路前行。随着时间的推移，我们工作的意义将更加深远，我们工作的价值将不断彰显。

2012年5月

目录

非物质文化遗产作为文化遗产中的活态部分，凝结、保留和传递着某一个地域人民的历史记忆、情感、经验和智慧，成为民族和地域文化认同的基础。由于绍兴历史悠久，文化积淀深厚，非物质文化遗产资源十分丰富，其中的民间文学大类，就有许多传说、故事在民众中代代流传，并广为传播。

徐文长故事是我国重要的机智人物故事群之一，我国民间文学界素有"北有阿凡提，南有徐文长"之说，可见其影响之广。故事主人公的原型徐文长是明代杰出的画家、书法家、文学家和戏曲家，被誉为明代文坛中"光芒夜半惊鬼神"的一颗巨星。绍兴民众以这位才华横溢、传奇色彩浓郁、傲视权贵、同情平民的历史人物的品行气质、轶闻趣事为基础，精心编织，反复锤炼加工，创作了大量故事，并且还吸纳了许多机智人物类故事，日积月累，口耳相传，形成了一个庞大的故事群。现有记录成文字的故事四百多篇，尚有一批流传于民间的口头故事需要继续挖掘和采集。

徐文长故事滥觞于明清，盛传于民国，成熟于新中国。徐文长故事的采集和流播应该得益于三次或民间自发或政府组织的大规模行动，即20世纪20、30年代兴起的民间歌谣、故事、传说的采集和公开出版；新中国成立后，20世纪80年代的民间文学采风，编辑出版《中国民间故事集成》、《中国民歌、民谣集成》、《中国谚语大观》；2008年浙江省全省范围内开展的非物质文化遗产普查。这三次行动，使大量的徐文长故事被挖掘、整理，得到文字记录，并迅速地向国内外传播。对于绍兴来讲，公共文化单位、徐文长故事的代表性传承人、民间文学爱好者和研究者，持续不断地从事着徐文长故事的搜集、整理、研究工作，致力于这一优秀民间文学项目的保护和传承。

　　徐文长故事流传历史悠久，流传地域广泛，故事内涵丰富，创作手法多元，传播形式多样，在民间文学界有着重要的地位。它不仅是绍兴的宝贵财富，更是中国民间文学的优秀代表。徐文长故事和其他的民间传说，承载着绍兴的历史、绍兴民众的价值观念，以及代代相传的绍兴人民的精神。

李永鑫

2011年7月18日

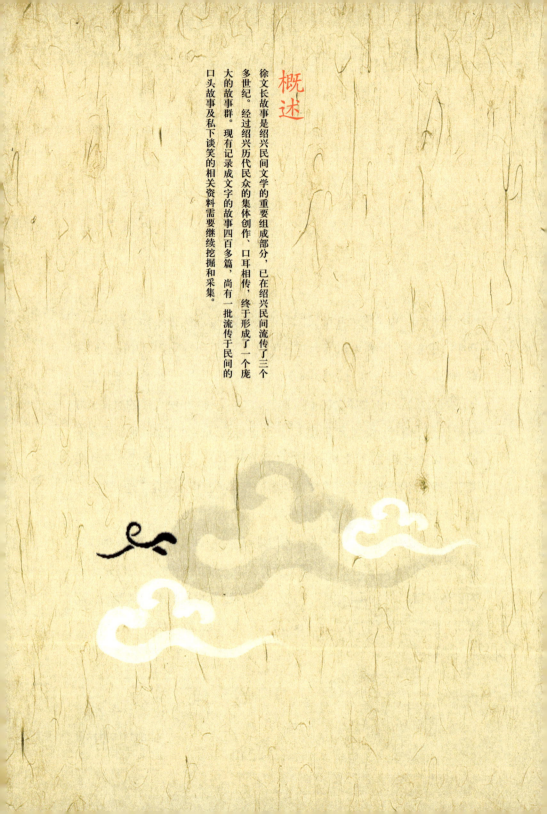

概述

徐文长故事是绍兴民间文学的重要组成部分，已在绍兴民间流传了三个多世纪。经过绍兴历代民众的集体创作、口耳相传，终于形成了一个庞大的故事群。现有记录成文字的故事四百多篇，尚有一批流传于民间的口头故事及私下谈笑的相关资料需要继续挖掘和采集。

当律侶自飛罪後花雪長天過近稽淳
時止門枚老入趙炮雪夜待人歸 孫迴夏日

概述

　　"万卷诗书一壶酒，官场宦海任我游。才华出众世称奇，书画文坛数一流。惩恶扬善蔑权贵，呵护百姓情谊厚。大印在你手，智慧我独有。耍尽鬼花样，施展巧计谋。取笑嘲弄恶作剧，好赌东道人风流。一个南腔北调人，几间东倒西歪屋。贫穷潦倒一狂生，一生高吟正气歌。笔端明珠无处卖，化工独出青藤手。"这是一首广泛流传于绍兴城乡的传统歌谣，可说是徐文长这一人物传奇一生的真实写照。

　　徐文长故事是我国重要的机智人物类故事群之一。

　　我国民间文学界素有"北有阿凡提，南有徐文长"之说，可见其影响之广。

　　徐文长故事是绍兴民间文学的重要组成部分，已在绍兴民间流传了三个多世纪。经过绍兴历代民众的集体创作、口耳相传，终于形成了一个庞大的故事群。现有记录成文字的故事四百多篇，尚有一批流传于民间的口头故事及私下谈笑的相关资料需要继续挖掘和采集。

　　故事主人公的原型徐文长（1521—1593），名渭，初字文清，后改字文长，别号山阴布衣、天池山人，晚年号青藤道士，或署田水月。徐氏世居山阴（今绍兴），虽为官家之后，却贫困潦倒，功名难就，仕途坎坷，一生蹉跎，终身郁郁不得志。徐文长在绍兴可说是位历史奇人。他自幼勤奋

徐文长

讲徐文长故事

好学，才思敏捷，多才多艺。他又富有军事天才，曾参与浙东抗倭斗争，屡出奇谋，克敌制胜。其为人刚正不阿，疾恶如仇，狂放不羁，不拘礼法。在艰难困苦的条件下，他潜心钻研书画、戏曲等艺术，在书法、绘画、文学、音律、戏曲和武术等方面都独树一帜，颇有造诣。

正是由于徐文长的奇才和怪癖，才能在绍兴民间流传出不胜枚举的故事和传说。徐文长故事是历代绍兴民众以这个才华横溢、传奇色彩浓郁、傲视权贵、同情平民的历史人物的品行气质、轶闻趣事为基础，精心编织、反复锤炼、创作演绎出来的，又吸纳了大量机智人物类故事，日积月累，渐趋丰满。明清笔记中的徐文长故事还比较罕见，到了民国时期，尤其是五四新文化运动前后，逐渐多起来，故事内容越传越丰富，传播地域越来越广阔。此外，还有不少广大民众私下谈笑的资料在史志上是查找不到的，但在绍兴本地和周边地区几乎达到家喻户晓、妇孺皆知的地步，相当深入人心。

徐文长故事所反映的社会生活面是非常广阔的，它通过各种不同题材，从各个不同角度，讲述了各种类型的机智人物故事。

在广大民众私下谈笑的资料中，也有不少徐文长作弄劳动人民的言行；有的传闻是牵强附会的；有的流言倒并不是空穴来风，而是徐文长在酒后失态，情绪失控之言行；也有一些贬损徐的人品的传言。但从本质上看，绝大多数属于善意调侃，目的是借此拉近徐文长与普通百姓的距离。

如果从故事中徐文长年龄的角度来统计，从徐文长出生及少年时代的传说故事《丧门星》、《竿上取物》起，一直说到他的临终遗言《化千成万宝中宝》为止。

如果按照故事的内容来分，则可以分成以下几个类型：

第一类，是给予当时的统治者以及处于实际统治地位的官吏、地主、豪绅、奸商、高利贷者以无情的揭露、嘲讽、鞭笞的故事。主要篇目有《该当何罪》、《卸御赐金牌》、《"半头牛毛"的字》、《府学宫斗钦差》、《斗米斤鸡》、《为虎作"伥"》、《两颗良心一般黑》、《一百文钱一只桃》、《利息三两酒》、《气煞马员外》、《尸体落河》、《天天天天天天天》、《青天高一尺》、《考场写长文》、《写

绍兴祝福

招牌》、《猪猡朝奉》、《借佛骂"剥皮"》、《三江题联》、《红白诗与酒壶诗》、《"磬有余"与"呱呱呱"》、《"迟""早"三个月》、《凉亭比梦》、《何忍于心》、《惩罚地头蛇》、《气死高知县》、《戏弄黑心人》、《舌战赵文华》、《寿堂斗智》、《智赚县印》等。

这类故事既有智斗刁顽、巧治贪劣的传奇,又有才华横溢、纵横阖阖的史实,反映了人民大众对封建社会强烈的仇恨和勇敢的抗争精神。虽然在现实生活中,人民大众是身受残酷迫害、遭受百般摧残和凌辱的弱势群体,但在徐文长故事中,他们却往往是胜利者,满怀信心,充满自豪,蔑视权贵。阅读和聆听这些故事,使我们身心愉悦,同时深受鼓舞和教育。

第二类,是讲述徐文长热心帮助底层民众,为穷苦人伸张正义的故事。故事中的徐文长不畏强暴、疾恶如仇、临危不惧、诙谐风趣,总是以机智的手段巧妙地排忧解难、克敌制胜,在笑声中表达出民众对社会生活的评判,是人民大众自己内部的讽喻和教育故事。反映了绍兴民众的道义观,即对忠良之义的弘扬,对不义行为的贬斥。主要篇目有《一点一竖为民释嫌》、《盗镯掀被》、《羞走神仙》、《竖蜻蜓》、《结交》、《警诫白食鬼》、《薯皮生糠治懒病》、《说亲》、《写呈子》、《免死金牌》、《大堂画》、《田水月画群猫》、《"嫁乎? 不嫁?"》、《廿年媳妇廿年婆》、《埠船上讲故事》、《化千成万宝中宝》等。

这类故事，在内容上重在阐述主人公徐文长爱国爱乡，亲近平民，为民请命，排忧解难的行为，以此启发、教育民众。在艺术形象的塑造上，绝大部分是绍兴民众集体创造（虚构）或想象的产物，反映了绍兴民众的意愿和心声。这类故事中的许多人和事，往往能使我们反观自身，意识到问题的存在，并学习到有益的经验。

第三类，是以徐文长生平轶闻趣事为基础精心编织的故事。故事中的徐文长多才多艺，聪明机智。主要篇目有《竹竿取物》、《该当何罪》、《猜帽子》、《难倒窦太师》、《比力气》、《对课》、《看相》、《巧对难知县》、《泰山石敢当》、《昌安门比武》、《绝倭涂用兵》、《智歼倭寇》、《二圣祠题联》、《南镇留墨》、《山阴勿管、会稽勿收》、《作诗表清白》、《乘凉书虎轴》、《巧题对联》、《游湖题咏》、《魁星寺作联》、《题联三江闸》、《徐文长画寿桃》等。

这类故事紧扣徐文长的一生，既有他少年时代聪明过人的故事，也有成年后解决疑难问题的智慧和谋略的故事，以及表现其诗文、书画才能的故事等，展现了一个被绍兴百姓称颂的徐文长。

第四类，是讲述徐文长恶作剧的故事。主要篇目有《都来看》、《买鸡蛋》、《与人争妻》、《让人吃粪》、《抬料》、《下毛》、《掉裤》、《装女调僧》、《裸体遇妻》、《智捏少妇脚》、《戏弄瞎子》、《过渡亲嘴》等。

这类故事大都讲述徐文长擅长取笑、挖苦别人，为达到某种目的而采取恶作剧等行为。不少传闻是其酒后失态、情绪失控、情感宣泄使然。他的所作所为都带有书卷气，在开玩笑时满口斯文，表现出一身才子气，是学识、机智、幽默和粗鄙的混合。近一个世纪以来，徐文长故事几乎成了中国此类传说故事的典型，他集聪明机智、玩世不恭、滑稽幽默于一身，将才华横溢、顽强自信和善良正直寓于其中，深受人们喜爱。

这类故事长存的事实告诉我们：它具有存在的价值，它生动而

水乡庙会

恰当地反映了民众真实的思想情感，是绍兴民众集体智慧的结晶。"徐文长的所作所为，在某些方面，是与那些未开化社会的人们的想法一致的，他们相信强者必胜、胜者英雄的道理。至于为了达到胜利的目的，采用哪些手段——体力的、智力的或魔法的，他们毫不在意。因为徐文长总是胜利者，所以，他便是民众眼中的英雄"（〔美〕洪长泰著《到民间去：1918—1937年的中国知识分子与民间文学运动》）。

〔美〕洪长泰著《到民间去：1918—1937年的中国知识分子与民间文学运动》封面书影

徐文长是绍兴民众喜闻乐见的人物。虽然徐文长故事很多时候受到封建统治阶级和儒家正统文人的排斥，也很令旧时达官贵人见之厌恶，却又无奈。因此，即使在广大民众私下谈笑的资料中存在不少善意调侃甚至贬损徐文长的传闻，但广大民众依旧把他当做知心朋友、智慧化身，仍然非常认同这位风流才子，他们的广泛喜爱和积极传承就是明证。

综上所述，徐文长故事绵延至今，盛传不衰，究其原因，首先是它具有深厚的传统文化底蕴。徐文长故事形成的过程，是绍兴民众对徐文长不断解读的过程。徐文长故事形成的历史，既是绍兴民众的思想、观念、情感的演进史，也是绍兴民间文学生存、演变和发展的缩影。反映在徐文长故事中的集体无意识，则是世代传承的、持久的意识，短则经过几代人，长则经过三四百年的长期积淀。其次，徐文长故事数量（篇幅）之多，文化内涵之丰富，表现出故事主人公形象的各个侧面。如：少年才俊、仁人君子、抗争斗士、狂狷天才、诗书画高手、绍兴师爷等，这既是绍兴民众心灵的寄托，更是民众智慧、道德、信仰的真实反映。再次，徐文长是一个箭垛式的角

讲徐文长故事

色，绍兴民众把大批机智类人物故事都依附到他的身上，故事也就广泛流布开来。

　　2008年6月，徐文长故事因其具有极其重要的史学价值、文学价值、美学价值和人文价值而被列入第二批国家级非物质文化遗产名录，这也反映了绍兴市委、市政府及文化行政部门对这一民间文学项目的重视，以及广大人民群众对流传久远的徐文长故事的热爱。

[壹]徐文长故事的起源

　　绍兴古称"越"，地处中国东部沿海，位于良渚文化和河姆渡

桥乡

文化圈之间，是我国古代南方百越文化的中心和古籍记载中虞舜、夏禹活动的重要地区，也是春秋时期越国的政治、经济、文化中心。《竹书纪年》载："周成王二十四年，于越来宾。"这是于越历史有文字记载的开始。以后，越王勾践派大臣范蠡建都筑城，加强防御设施，至今绍兴建城的历史已有两千五百年之久。1982年2月，国务院公布了全国第一批二十四座历史文化名城，绍兴便是其中之一。

酒乡绍兴

书法之乡

水乡

绍兴历史悠久，人文荟萃，名人辈出，为著名的桥乡、水乡、酒乡、戏曲之乡、书法之乡和名士之乡，被誉为"没有围墙的博物馆"，是中华民族古越文化的发祥地，以"三乌"（乌篷船、乌毡帽、乌干菜）、"三缸"（酒缸、酱缸、染缸）文化和"万桥之乡"为独特标志的地域文化十分丰富，在华夏文明中占有重要地位。

　　"千里不同风，百里不同俗。"繁衍生息在绍兴这块古老土地上的越国子孙，经历了一代又一代的历史演变，环境改造，经济发展，浓厚的文化底蕴经年累月，相积相嬗，逐步形成了一种古老的风俗。据《绍兴府志》记载："谨祭祀，力体重农，下至蓬户，耻不以诗书训其子，自商贾鲜不通章句，舆隶亦多识字。家弇普系，推门第

民国时期的绍兴

品次甲乙。妇女无郊游，虽世姻竟不识面，不鬻男女于境外，大家女，耻再醮，大抵于俗为美也。"绍兴这种以诚祭祀、亲耕读、轻商贾、讲礼仪、重门第、论宗族、守节孝等为主流的习俗，世代相传，天长日久，孕育了许许多多爱国志士、民族英雄，史不绝书。

几千年来，绍兴一代又一代的志士仁人、英雄豪杰，以其照人肝胆、千秋伟业，照亮了伟大祖国灿烂的历史星空。历代名人的思想品德和言行事功反映出来的绍兴精神，滋养了故乡这一方水土，积淀着绍兴独特的人文传统和精神风貌。徐文长故事，就是在这样的大背景下产生和流传开来的。

舜王庙会

[贰]徐文长故事的流传

正如俗谚所说："金碑银碑，不如百姓口碑。"徐文长是绍兴妇孺皆知、传诵最多、口碑最好的历史文化名人。徐文长故事在民间广泛流传，它的土壤在于绍兴乡土社会，源头在于广大民众，而不是上层社会或少数文人墨客。

对于徐文长故事，有人这样评价："其展现的各种不同类型故事，约从16世纪起，都全部有据可查。在徐文长传记（见《中国人名大辞典》、《艺讯月刊》）中一致谈到：徐文长常常恶作剧。讲述他的故事中，很可能一部分就源出于他的生平趣闻轶事，流传中心是他的家乡浙江（绍兴），但是，这些故事又传播到了江苏、江西、河

茶馆说书

南、安徽、山东。"(〔德〕艾伯华著《中国民间故事类型》)

[德]艾伯华著《中国民间故事类型》书影

徐文长故事植根于民间口头文学，流传于绍兴百姓口头，流布广，数量多，内容丰富，影响深远。故事中的人物形象显得丰满、充实，既有现实生活中徐文长的影子，更多的是故事讲述者寄寓绍兴民众自身的生活体验和传统理念、思想情感。这一集体创作出来的虚构故事，其所处的历史背景、地理环境、社会生活，包括当地语言、民俗风情，等等，都直接或间接地反映出了绍兴的风土人情、人生百态、社会习俗和传统观念。透过这些故事，读者可以尽情地审视传统社会里绍兴民众深厚的生活理念、朴实无华的思想情感，对真、善、美的追求和对假、恶、丑现象的鞭笞。故事既反映出绍兴民众的心声，又把一个多才多艺、机智幽默的徐文长呈现在了公众面前。

徐文长故事流传至今已有三个多世纪的历史，在历史文化名人徐渭逝世后不久即逐渐流布开来。据初步推测，大致可分为三个阶段：即滥觞于明清，盛传于民国，成熟于新中国。

一、滥觞于明清

《明史》卷二二八《徐渭传》载："徐渭，字文长，山阴人。十余岁仿扬雄《解嘲》作《释毁》，长师同里季本。为诸生，有盛名。总督胡宗宪招致幕府，与歙余寅、鄞沈明臣同笔书记。宗宪得白鹿，将献诸朝，令渭草表，并他客草寄所善学士，择其尤上之。学士以渭表进，世宗大悦，益宠异宗宪。宗宪以是益重渭。宗宪尝宴将吏于烂柯山，酒酣乐作，明臣作《铙歌》十章，中有云：'狭巷短捕相接处，杀人如草不闻声。'宗宪起，挃其须曰：'何物沈生，雄快乃尔！'即命刻于石。宠礼与渭垺。督府势严重，将吏莫敢仰视。渭角巾布衣，长揖纵谈。幕中有急需，夜深开戟门以待。渭或醉不至，宗宪顾善之……渭知兵，好奇计，宗宪擒徐海、诱王直，皆预其谋。藉宗宪势，颇横。及宗宪下狱，渭惧祸，遂发狂，引巨锥剚耳，深数寸，又以椎碎肾囊，皆不死。已，又击杀继妻，论死系狱，里人张元忭力救得免。乃游金陵，抵宣、辽，纵观诸边阸塞，善李成梁诸子。入京师，主元忭。元忭导以礼法，渭不能从，久之怒而去。后元忭卒，白衣往吊，抚棺恸哭，不告姓名去。渭天才超轶，诗文绝出伦辈，善草书，工写花草竹石。尝自言：'吾书第一，诗次之，文次之，画又次之。'当嘉靖时，王、李倡七子社，谢榛以布衣被摈。渭愤其以轩冕压韦布，誓不入二人党。后二十年，公安袁宏道游越中，得渭残帙，惊叹不已，以示祭酒陶望龄，相与激赏，刻其集行世。"这应是目前有文字记载的最早的徐文长故事。此外，明朝的袁宏道还写了一则徐文长趣事："一日饮其乡大夫家，乡大夫指筵上一小物求赋，阴令童仆续纸丈余，欲以苦之。文长援笔立成，竟满其纸，气韵遒逸，物无遁情，一座大惊。"

中国文学史上所谓笔记小说，是指"残丛小语式"的故事集，到明代达到了高峰。这些小说内容涉及朝政兴废、典制变迁、文坛面貌、士人言行以及里巷传说、民情风俗，是研究社会政治、经济、文化的重要资料，许多还能补正史之不足。而清代是笔记小说集大成的时代，各种笔记都在前人基础上有了进一步发展。明清时期记载有与徐文长相关内容的书籍、文章有：

1. 高登先修，沈麟趾纂清康熙《山阴县志》。

2. 王元臣修，董钦德纂清康熙《会稽县志》。

3. 徐恕、徐嵩纂清乾隆《绍兴府志》。

4. 纪昀著《阅微草堂笔记》，"四库全书存目丛书"。

5. 张维成刻本《明史·徐渭传》，"四库全书存目丛书"。

6. 顾景星著《白茅堂集》，"四库全书存目丛书"。

7. 王骥德著《曲律》，"四库全书存目丛书"。

8. 冯梦龙著《情史》（卷十三"徐文长"），"四库全书存目丛书"。

9. 陶望龄主校《徐文长三集》，"四库全书存目丛书"。

10. 钟人杰校编《徐文长全集》，"四库全书存目丛书"。

11. 张岱校辑《徐文长佚稿》，"四库全书存目丛书"。

12. 张汝霖著《刻徐文长佚书序》，"四库全书存目丛书"。

13. 袁宏道著《徐文长传》，"四库全书存目丛书"。

14. 徐渭著《徐渭集》、《分释古注参同契》、《阙编》，杂剧《四声猿》、《歌代啸》、《豁然堂记》、《南词叙录》，《徐文长逸稿》，"四库全书存目丛书"。

绍兴旧时称"会稽"、"山阴"

徐文长逝世后，许多趣闻轶事流传开来。明万历年间翰林院编修陶望龄曾为这位绍兴同乡编定刻印了《徐文长三集》，还专门撰写了长篇《徐文长传》，称"越之文士著名者，前唯陆务观最善，后则文长"。

围绕青藤书屋衍生的种种故事，到了小说家冯梦龙手中，经其生花妙笔渲染的结果，就成了《情史》卷十三的故事"徐文长"。

《绍兴府志》内页书影

在徐渭逝世后四年，晚明文坛领袖袁宏道过越中，在陶望龄家中见到徐渭旧文集，赞其诗、画、文、字、人"无之而不奇"，对他推崇备至，逢人必说徐文长。他在《徐文长传》中对徐文长各方面的才能多有触及，而尤对其诗文创作出以重笔，他说："文长的诗虽具体格时有卑者，然匠心独出，有王者气，非彼巾帼事人者所敢望也。"表达了惜其才、悲其迂、愤其世的强烈感情，同情、悲悯之情溢于楮墨。

明清时期的书籍中提到，当时抗击倭寇侵略，徐文长任浙闽总督胡宗宪幕僚，"皆预其谋"。其时，曾与徐文长议婚但终为徐拒绝之严氏女,于抗倭战争中为敌所虏,不屈而死。文长悲痛不已,曾作《严烈女传》及《宛转词》,云"生前既无分,死后空余情",寄托自己之悔恨与相思。

晚清时期,资产阶级革命家在政治和学术著作中,往往从各种角度触及民间文学,学术界大胆地表达他们对民间文学的新看法,特别是在文艺性的刊物上,搜集、整理、发表了许多民间故事,这也就为徐文长故事的记录、编纂、研究提供了平台。

在明清早期的典籍中,几乎没有发现将徐文长作为机智人物类故事来叙说的,不过其中一个文本,就是明末清初顾景星《白茅堂集》刊载的《徐文长遗事》很值得注意,其文曰:"文长之椎杀继室也。雪天,有童踦灶下,妇怜之,假以袭服。文长大骂,妇亦骂,时操櫂("櫂"音"瞿"。《释名》云:四齿耙也)取冰怒掷妇,误中,妇死。县尉入验,恶声色问:'櫂字作何书?'文长笑曰:'若不知书生未出头地耳!'盖俗书'櫂'作'缶'也。尉怒报云:'用缶杀。'文长遂下狱。他日御史欲出文长,虑狱词久具。一老吏云:'改"用缶"作"甩击",便属误杀。'盖俗书'抛'作'甩'也。文长遂得出。入出皆一俗字,甚矣!俗书之弊也。"

文中这个"老吏救徐文长"的传闻,与流传在杭州一带的讼师型机智人物类故事属同一类型,专门帮别人打官司,写状纸,改状纸,往往一字值千金,表现出惊人的智谋等情节,更进一步强调了这一层意思,很可能成为此类机智人物类故事的滥觞。这与后世徐文长故事的形成极有可能存在某种联系。

明清典籍中直接把徐文长说成机智人物类的故事文本,迄今尚未发现。但记在别人名下的机智故事,这个时期却已积累不少。这个时期许多文人野史笔记中的一些故事,都属于机智人物故事范畴。从人物分布地域看,有上海、浙江、江苏、江西、福建、四川、广东,可见流传之广。这些人物故事的叙事形态也复杂多变,其中有的情节已形成故事类型,并逐渐向各地流播。上述大量机智人物的性格以及他们的趣闻轶事,进一步发展的结果,就酝酿出了一大串机智类人物故事。其中不少故事,其情节结构几乎完全相同。在口头流传中,同一个故事,却先后依附于两个以上不同人的身上,后来,则一概被移植到徐文长名下,这应是绍兴民众集体创作的功劳。

二、盛传于民国

民国时期,是传说故事的发展时期。在中国民间文学史上,北京大学作为发祥地,以其1918年至1926年的活动,揭开了民俗学运动的第一页。1927年至1934年,广州中山大学作为其后的学术中心,谱写了运动的续篇。1935年至1937年,北大、中大、杭州民俗学会以三足鼎立之势,再度担负起领导民间文学运动的责任,算是第三阶段。钟敬文及其同人创立了新的民俗研究中心,同时,发行杂志《民间文艺》(后更名为《民俗》),成为中国民俗后研究的黄金时代。随着五四新文化运动的发展，绍兴民间徐文长故事得以大量搜集和整理，故事内容不断增加，逐渐有了丰富的文字记载。个别文人墨客又根据乡间艺人及善讲之人的口头传讲故事和民众私下谈笑资料进行文字整理、加工，编写出许多徐文长故事；还通过各种刊物公开发表或出版故事集和通俗读物等。由于此类作品大量面世，也造成传播范围越来越广。

研究民间文学的学者指出："较早在报刊上发表徐文长故事是在1924年7月，先由周作人发表署名'朴念仁'的两篇文章，列举了八个徐

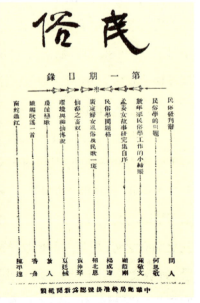

《民俗》杂志封面与内页书影

文长故事；两天后，林兰（即李小峰）也刊出了他所搜集的徐文长故事，其内容多有鲜为人道者。"（顾希佳《浙江民间故事史》）

此后，大批徐文长故事在其他杂志上出现了。20世纪20年代至30年代，出现了徐文长故事采集和传播的高潮。徐文长故事像雪球一样越滚越大，有的甚至还标明

《徐文长故事外集》封面书影

了"徐文长型的故事"字样。比如当时的《晨报》副刊上连载这类故事近四十种。1925年，林兰编《徐文长故事》在北新书局出版，以后不断收入其他文人同一类型传说篇目，又多次出版，在当时引起轰动，也引起民俗学家和众多学者的极大关注。1930年夏，中国民俗学会由钟敬文、娄子匡在杭州发起成立。该会出有《民俗周刊》共七十期、《民俗学集镌》两期；由娄子匡、陶茂康、钟敬文编纂的《民间》月刊以及"中国民俗学会丛书"八种。1931年至1932年，绍兴出版的《民间》月刊第一卷的十二期中，每期都发表一组徐文长故事，累计有百余则之多，采录人的队伍也十分可观，将近有五十人。同时，还

有不少徐文长故事发表在《国民报》、《浙江潮》、《中国白话报》等报刊上。

民国时期在报刊上发表和正式出版的徐文长故事及相关的研究文章有：

1. 周作人编（笔名朴念仁）《徐文长故事》，《晨报》副刊，1924年7月。

2. 李小峰编（笔名林兰）《徐文长故事》，《晨报》副刊，1921年7月12日。

3. 李小峰编（笔名林兰）《徐文长故事》，北新书局，1925年。

4. 李小峰编（笔名林兰）《徐文长故事集》，东方文化书局，1929年8月初版，1971年重印。

5. 李小峰编（笔名林兰）《徐文长故事外集》（上、中、下合订本），北新书局，1931年。

6. 顾颉刚著《孟姜女故事研究集》，上海古籍出版社，1928年。

7. 陶茂康创刊《民间》，绍兴汤浦民间出版社，1931—1934年。

8. 钟敬文著《致赵景深君论徐文长故事》，《京报》副刊，1925年12月14日。

9. 钟敬文著《呆女婿故事探讨》，《京报》副刊，1928年5月2日。

10. 钟敬文著《呆女婿故事的新研究》，《野草》第5卷第3期，

1931年4月25日。

11. 赵景深著《答钟敬文先生》,《京报》副刊,1925年12月9日。

12. 赵景深著《徐文长故事与西洋传说》,《潇湘绿波》1925年第2期。

13. 赵景深著《童话论集》,上海开明书店,1927年。

14. 赵景深著《徐文长故事的新研究》,《野草》第5卷第3期,1931年4月25日。

15. 赵景深著《中国文学小史》,光华书局,1934年出版。

16. 楚狂著《我亦来谈谈徐文长的故事》,《文学周报》第224期,1926年。

17. 刘大白著《我所闻见的徐文长故事》,《文学周报》第184期,1925年8月12日。

18. 刘大白著《故事的坛子》,黎明书局,1934年5月。

19. 青人著《再谈徐文长的故事》,《晨报》副刊,1924年7月14日。

20. 王以刚著《徐文长与青藤书屋》,《艺风》第1卷第9期,1933年11月15日。

值得一提的是,当时的民间文艺工作者已经注意到:在徐文长故事之外,各地还流播着其他许多机智类人物故事。比如《民间》月刊曾先后发表马坦鼻故事十一则。马坦鼻是一个农民型的机智人

投稿簡章

中華民國二十年八月出版

「民間」第三集

每集二角

一　如有社會上流傳的謎
語，歌謠，故事，笑
話，賽謎，謎算⋯⋯
見惠一律歡迎！

一　稿末請註明姓名，住
址，以便通信。

一　有晉無字，請註同音
的字，或註音符號。

一　來稿刊出後，當以謎
青奉贈一册。

一　來稿無論登否，概不
發還。

一　稿寄浙江稻興湯浦吉
昌茶棧

編輯者　陶茂康

校對者　丁夢魁

發行者　紹興湯浦吉昌茶棧

印刷者　紹興印刷局

代售處　紹興大路浦開
　　　　紹興官恒盛昌
　　　　上虞百官教育館

《民间》杂志封面与内页书影

《民间》杂志内页书影

物，有关他的故事和文人型的徐文长故事有所不同，但其中一些故事的情节结构则是相通的。常常是同一个故事，在绍兴一带被说成是徐文长故事，到了金华、东阳一带，就转换成马坦鼻故事，而到了宁波、舟山一带，就又转换成乐贤故事了。

以上书刊保存下许多珍贵资料，其中有不少是经搜集、整理过的徐文长故事。绵延到当代，机智人物类故事的讲述活动更加普遍，所采录和发表的故事也越发精彩。

这一时期采录、发表的徐文长故事，大致可以归纳为以下两类：一类作品讲述徐文长热心帮助底层民众，为弱势群体伸张正义的故事，表彰他不畏强暴、疾恶如仇、临危不惧、诙谐风趣，总是以机智的手段，巧妙地为穷苦人排忧解难，在笑声中表达出民众对社会生活的评判，反映了绍兴民众的道义观。另一类作品则讲述徐文长故意捉弄别人，给人难堪，甚至自作自受，有的近乎恶作剧，属于滑稽故事范畴。此类作品流传广，影响大，常常成为人们茶余饭后的说笑话题。

三、成熟于新中国

新中国成立以后，中国民间文艺学展开了新的一页。1950年3月9日，新中国文学艺术界第一个学术团体——中国民间文艺研究会在北京成立。我国著名的史学家郭沫若先生在成立大会上发表了题为"我们研究民间文艺的目的"的祝词，号召大家要"收集、保存、研究和学习民间文艺"，给与会代表和全国民间文艺工作者以极大的鼓舞。

1982年初，中国民间文艺研究会在北京召开了常务理事扩大会，议定在全国普查的基础上，编辑《中国民间故事集成》、《中国民歌、民谣集成》、《中国谚语大观》，并于1983年由文化部、国家民委、中国民间文艺研究会联合发文，着手这三套书的编纂工作。

编辑工作步骤为：1986年前完成普查、采集；1987年进入编选阶段；1990年争取全部出版完成。随后，浙江省与全国各地热烈响应，积极行动，以此为契机，开展了大规模的民间文学普查工作。

　　绍兴市各级党委、政府及文化行政部门非常重视民族民间艺术的调查、发掘工作，组织市（县、区）文化馆（站）、民间文艺工作者和业余文艺爱好者深入城乡，掀起了采集、整理、编写、出版绍兴民间故事的热潮。许多学者纷纷采集、编辑出版徐文长故事，取得了显著成果。

"山海经丛书"之一《七个才子六个癫——文人佳话》封面书影　　《徐文长的故事》封面书影

20世纪50、60年代，绍兴民间文艺工作者采集、整理的多篇徐文长故事，开始在《民间文学》、《东海》、《西湖文艺》、《山海经》等刊物上陆续发表。从1960年起，谢德铣、阮庆祥、寿能仁、李韩林等人采录并重新编写的徐文长故事陆续公开发表。1982年，他们又重新编写《徐文长的故事》，由浙江人民出版社

《徐文长的故事》封面书影

出版，共收入徐文长故事四十六篇。当时，复旦大学教授、资深民俗学专家赵景深为该书作序，序中题诗云："斜阳古柳各村庄，故事闲谈当作场。身后是非定要管，重新编写徐文长。"但是，由于是"重新编写"，在取得成果的同时，也留下一定的遗憾：当时，为适应政治方面的某些需要，借口要符合现代读者口味，故事编写者给徐文长这一人物形象增加了许多文学性描写，在一定程度上削弱了民间故事口语化的表述和原生态的特色。故事中的徐文长言行举止循规蹈矩，文儒高雅，与原本绍兴民众流传的狂傲不羁、尖酸刻薄的机智人物类形象相去甚远。

在赵景深为该书所作的"序言"和谢德铣等人的"后记"中，都提到了这样一个观点：民国时期采录、发表的徐文长故事中，有一部分作品贬低了徐文长，是统治阶级的有意歪曲和捏造，等等。其实，口头故事中的徐文长与历史人物徐文长本来就不应该被看做同一个人，我们不应该把两者混同起来。在故事的采录和保存中，应该保持民间口耳相传时的本来面目。笔者以为，在当时特定的历史条件下持有这样一种观点是可以理解的，但在今天看来，则值得商榷。在绍兴民众的口头叙事活动中，把一大批机智人物类故事依附在谁的名下，往往有着一定的原因。由于历史人物徐文长在绍兴民间的知名度极高，而且，他的曲折命运和卓特不群的个性，使他成为民间传说乐于塑造的对象，历代文人、艺人、善讲之人理所当然地以徐文长为依托，将这种叙事模式依附于徐文长名下，并且以社会各阶层人们的意愿，口无禁忌地进行创作和演绎。

到了20世纪90年代，徐文长故事在普查、搜集、整理、编纂、出版方面均取得了丰硕成果。

据不完全统计，新中国成立以来已出版或汇编成集的徐文长故事主要有：

1. 谢德铣、阮庆祥、寿能仁、李韩林采录编写《徐文长的故事》，绍兴县文化局编、杭州《西湖文艺》编辑部，1979年11月，共三十九篇。

2．谢德铣、阮庆祥、寿能仁、李韩林采录编写《徐文长的故事》，浙江人民出版社，1982年1月，共四十六篇。

3．谢德铣、阮庆祥、寿能仁、李韩林采录编写《徐文长故事》，浙江文艺出版社，1984年8月，共四十六篇。

4．绍兴市少年宫、绍兴市越城

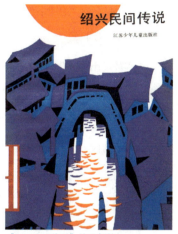

《绍兴民间传说》封面书影

《浙江民间文学集成·绍兴市故事卷》封面书影

区文教局编《绍兴民间传说》，江苏少年儿童出版社，1989年4月，其中徐文长故事七篇。

5. 绍兴市民间文学集成办公室编《浙江民间文学集成·绍兴市故事卷)》，中国民间文艺出版社，1989年12月，收徐文长故事十八篇。

6. 越城区民间文学集成办公室编《中国民间文学集成·浙江省绍兴市越城区故事、歌谣、谚语卷》，中国民间文艺出版社，1989年12月，收徐文长故事十篇。

7. 上虞县民间文学集成办公室编《中国民间文学集成·浙江省

绍兴市及部分县（区）徐文长故事书籍

《徐渭》封面书影　　　　　　　　《徐渭（文长）的故事》封面书影

绍兴市上虞县故事、歌谣、谚语卷》，中国民间文艺出版社，1989年
12月，收徐文长故事七篇。

　　8. 嵊县民间文学集成办公室编《中国民间文学集成·浙江省绍
兴市嵊县故事、歌谣、谚语卷》，中国民间文艺出版社，1989年12月，
收徐文长故事三篇。

　　9. 李韩林编著《徐文长传》，国际文化事业有限公司，1990年12
月，共五十四篇。

　　10. 吴传来、黄蔡龙主编《徐渭（文长）的故事》，台海出版社，
2003年4月，共二十六篇。

11. 绍兴市非遗普查工作资料编委会汇编的《绍兴市非遗普查汇编本》，2008年3—7月，收集新增故事近七十篇。

12. 沈艺夫、慧涛著《漫画徐文长》，绍兴市文联漫画艺委会画刊《茴香豆》，2009年8月起，计划刊出五十篇。

13. 李永鑫主编《越地奇才徐渭》（上、下册），西泠印社出版社，2011年5月，共收录一百九十三篇徐文长故事。

另外，在这一时期发表和出版的徐文长故事研究文章和相关的学术专著主要有：

1. 钟敬文著《民俗文化学：梗概与兴起》，中华书局，1996年。

2. 钟敬文著《钟敬文民间文学论集》，上海文艺出版社，1982年。

3. 钟敬文著《钟敬文自选集》，首都师范大学出版社，2008年11月。

4. 丁乃通著《中国民间故事类型索引》，中国民间文艺出版社，1986年。

5. 〔美〕洪长泰著《到民间去：1918—1937年的中国知识分子与民间文学运动》，董晓萍译，上海文艺出版社，1993年。

6. 绍兴市文联编《百贤图赞》，百花文艺出版社，1997年6月。

7. 丁家桐著《东方畸人·徐文长传》，上海人民出版社，1999年。

8. 刘守华著《中国民间故事史》，湖北教育出版社，1999年。

9. 苑利主编《20世纪中国民俗学经典》(学术史卷),社会科学文献出版社,2002年3月。

10. 苑利主编《20世纪中国民俗学经典》(传说故事卷),社会科学文献出版社,2002年3月。

11. 周时奋著《徐渭画传》,山东画报出版社,2003年2月。

12. 章玉安著《绍兴文化杂识》,中华书局,2003年5月。

13. 绍兴县地方志编委会《二十五史中的绍兴人》,中华书局,2003年。

14. 付建祥、颜越虎主编"绍兴历史文化丛书",中华书局,2004年9月。

15. 李祥林、李馨编著《徐渭(文长)》,中国人民大学出版社,2005年11月。

16. 段宝林主编《中国民间文艺学》,文化艺术出版社,2006年9月。

17. 顾希佳著《浙江民间故事史》,杭州出版社,2006年5月。

18. 王家诚著《徐渭传》,百花文艺出版社,2008年8月。

19. 郑振铎著《中国俗文学史》,中国文联出版社,2009年7月。

20. 刘守华著《民间故事的艺术世界》,华中师范大学出版社,2009年11月。

21. 陈驹著《中华民间文学通论》,广东教育出版社,2010年2月。

这一时期，从公开出版的徐文长故事的内容来看，淘汰了大量关于徐文长放荡不羁、尖酸刻薄的故事，主要是表现他聪明机智、爱国爱乡、亲近平民等品性的故事。流播的方式也增加了通过其他文艺样式（如戏曲、曲艺、影视、摄影艺术）改编创作进行传播以及通过电视、网络等媒体传播。

四、徐渭生平

徐文长故事以历史人物徐渭为生活原型，借其传奇色彩丰富浓烈的轶闻趣事作为素材，进行创编、演绎，故有必要在此对故事主人公徐文长的原型徐渭的生平作一概述。

徐渭生平：童年时期（1512—1535），家庭变故，苦难无依。少年时期（1536—1539），学剑习文，潜心钻研。青年时期（1540—1552），仕途坎坷，入考未及。壮年时期（1553—1563），献身抗倭，屡建奇功。中年时期（1564—1583），精神失常，杀妻入狱。晚年时期（1584—1593），贫病凄凉，郁郁而死。

徐渭是官家之后，其先祖是地方掾吏，因受一刑事案的牵连，被发配到贵州编入军籍在驿站从事劳役。其父徐镪在云南中举，历任县官、州官，明正德十年（1515年）赴四川夔州任同知，直至卸任还乡。徐渭出生后一百天时，徐镪去世。母亲苗氏是继室，含辛茹苦地把徐文长抚养到十四岁不幸去世。徐渭虽有两个哥哥，但都是父亲前妻童氏所生，虽然年长徐渭许多岁，因经常外出游历，对其很少照应。在徐文长二十至二十五岁时，不幸之事接踵而至：二哥和大哥相继亡故，其妻潘氏亦病故。从此，他无依无靠，生活清寒。他把住处称为"一枝堂"，以喻身世如飞鸟栖枝一般。家庭的变故和生活的贫困，并没有影响他潜心钻研书画艺术。这一时期他在书法、绘画、音律、戏曲、武术等方面都有很大成就。

徐文长在仕途和求取功名方面很不得志。二十岁时，他考取山阴秀才。嗣后直至1561年，他参加了八次考试都未及第。三十七岁时，他应邀到浙江总督胡宗宪幕府任职，曾为讨伐倭寇出谋献策，建立过奇功。并为此写下过激情洋溢的爱国诗篇，想一展抱负。不

风光秀美的绍兴

料胡宗宪因当朝宰相严嵩被弹劾而受到牵连，不久又自杀身亡。徐文长也因此清名受污，遭到排挤，精神上受到极大刺激，开始精神失常。1565年，他四十五岁时，甚至准备自杀，为此曾写下《自为墓志铭》："少知慕古文辞，及长益力。既而有慕于道，往从长沙公究王氏宗，谓道类禅，又去扣于禅。久之，人稍许之，然文与道终无两得也。贱而懒且直，故惮贵交似傲，与众处不浣祖裼似玩，人多病之，然傲与玩，亦终两不得其情也。"这年夏天他狂病发作，直至用铁钉自耳撞入颅中自杀，并一而再，再而三，直至九次。不久，又因怀疑其妻张氏不贞，精神又陷错乱，在幻觉中失手误杀之。为此，他度过了长达七年的铁窗生活，及至五十三岁出狱。出狱后又经历六年漫游齐鲁燕赵的生活，开阔了视野，增长了知识，丰富了见闻，艺术才华日趋成熟。

徐文长作品

　　漫游回乡后，徐文长贫病交加，孑然一身，生活十分悲凉，"几间东倒西歪屋，一个南腔北调人"就是他晚年生活的真实写照。此时，他每日酒饭常缺，衣难暖身，衾单屋漏，步履维艰。不得已鬻画为生，最后连几千卷珍藏的书籍也变卖一空。明神宗万历二十一年（1593年），徐文长溘然长逝，卒年七十三岁。死时稻草覆身，木棺殡殓，草葬于绍兴城南大木栅村姜婆山，并无墓穴。

　　徐渭的人生充满不幸。他的戏曲创作成就，生前就已为世人瞩目。比他小三十岁的汤显祖对他的《四声猿》佩服得五体投地。而其他方面如诗文的价值被世人所认识，归功于明朝公安派领袖袁宏道，然而正如黄宗羲《青藤歌》所说："岂知文章有定价，未及百年

青藤书屋

见真伪。光芒夜半惊鬼神，即无中郎岂肯坠！”从某种意义上说，是坎坷多难的生活铸就了徐渭的“颓放”个性，造就了诗、文、书、画杰出成就于一身的徐渭。

1552年后，倭乱战火延及绍兴周边之后的十几年，对徐渭来说是具有重要意义的。一是他投身抗倭斗争，在改变生活面貌的同时，丰富了文学创作内容。二是他对文学艺术的认识逐渐成熟，开始形成独特的诗文风格，创作出了戏曲作品《月明度柳翠》，写就了引起后世学人重视的《南词叙录》，这是文学史上第一部关于南戏的理论著作。

倭乱之初，正被削职闲居在家的名士唐顺之来浙考察，从薛应

徐文长墓

旗处读到徐渭文章，极为赏识，后通过季本、王畿与徐渭见面，共论诗文。徐渭在《畸谱》中说："唐顺之先生之称不容口，无问时古，无不啧啧，甚至有不可举以自鸣者。"

在抗倭期间，他写了许多歌颂抗倭将士的诗文。他的诗文爱憎分明，歌颂奋勇杀敌者吴成器、彭应时等，并感慨道："大抵能言者多在下，不能察而用者多在上。在上者冒位，在下者无实权，此事之所以日弊也！"《龛山凯歌》第四首曰："短剑随枪暮合围，寒风吹血着人飞。朝来道上看归骑，一片红冰冷铁衣。"《彭应时小传》写到主人公："为贼所掩仍奋斗，被创，堕马死。死之时，犹骂其马前卒促使已脱身者。"文字不多，但刻画人物极为生动。徐渭的诗文极富联想，如《龛山凯歌》第九首，从中国战场写到了日本望夫的女子："夷女愁妖身画丹，夫行亲授不缝衫（倭衫无缝）。今朝死向中华地，犹上阿苏望海帆。"在痛恨倭寇的同时，又给予埋骨异域的倭人之妻无限同情。又如《海上曲》五首，对刘锡等官僚进行了抨击和讽刺："发卒三千人，将吏密如果。贼来如无人，卒至使君下。"写兵士："长立睥睨间，尽日不得溲。朝餐雪没胫，夜卧风吹肘。"而官僚们却是"彼亦何人斯，炙肉方进酒"。

徐渭不仅写征人的诗文生动感人，写风景也很出色，如他的《日暮进帆富春山》："日暮帆重征，江阔渺无度。峰翠逐岸来，树干参天去。千里始此行，一日即羁旅。石濑驶清磷，雪壑耸残素。回睇吴山寺，苍苍眇烟雾。"

徐渭擅长作赋。《徐文长传》记一事，说有一次徐渭做客，主人指桌上一小玩物请他作赋，暗里又令童仆捧上丈余长的纸卷，想给徐渭难堪。徐渭执笔立就，一气写尽，使满座皆惊。现存赋有《涉江赋》、《十白赋》及牡丹、藕、荷、梅四花赋等。其中《十白赋》是在胡宗宪冤死狱中后写的，据文前小序称，是他饮酒时总共用了燃去一寸蜡烛的工夫写成的，其才思之敏捷可想而知。

徐渭中年后的诗，大量吸收了韩愈、李贺等中唐诗人的长处，趋向诡奇多变，凌厉强横。有时也有南朝齐梁文风的秾艳。如他入闽时所作《夜宿丘园》："老树拿空云，长藤网溪翠。碧火冷枯根，前山友精祟。或为道士服，月明对人语。幸勿相猜嫌，夜来读客旅。"集杜甫的苍郁深幽和李贺的诡谲怪奇于一体，把深山寒夜的森然迫人写绝了。

又如《涪澹滩》："黑鳌穴地出，噀沫从天下。春雪跌深潭，惊雷进铁罅。回思身所经，险怪几日夜。老石万片焦，飞湍千里射。药叉窥绿渊，人命轻一咤。或似鼓太冶，青铜沸将泻。女娲撒余砾，顽渣搅不化……浪怒一何愚，终古不得罢。有时搏阴飙，寒色惨朱夏。借言吕梁叟，何时咨闲暇。余虽愧达人，笑对成一嚇。"行家评此诗押险韵用奇字，极富想象力和表现力，酷似韩愈诗风。

徐文长所作《杨妃春睡图》则以秾艳为特色："守宫夜落胭脂

臂，玉阶草色蜻蜓碎。花香随风出御墙，无人知是杨妃睡。"

徐渭标举中唐诗风，无疑是对当时诗坛的不满和反抗。他的诗变化多端，对他影响最大的除了韩愈、李贺外，还有李白、杜甫，同时也兼蓄魏晋及宋元之诗风，他反对"不出于己之所得，而徒窃于人之所尝言"，反对一味模拟前人的诗风，广采博收是为了个性抒发。他的这些主张是其后公安派文学主张的始发点。

徐渭的杂剧具有鲜明的时代性。他善于运用锋利的语言表现锋利的思想，他的《四声猿》从创作方法上说，是开一代浪漫主义新风的。稍后的汤显祖从徐渭这里获得很大启迪。《四声猿》代表了明代杂剧的转变，它也是徐渭文学创作中流行最早并获得社会声誉的作品。他的戏曲作品无论曲词还是说白都通俗明白，雄豪辛辣，痛快淋漓。他善于运用俗语，于俚俗中见高华俊爽。

"戏曲之乡"绍兴

幾更時萬古千秋

数尺地五湖四海

古戏台对联

　　他的《四声猿》极具战斗性。《月明度柳翠》敢于宣扬人的情欲具有天然的合理性，冲破了笼罩当时戏坛的腐臭空气。行家认为，此剧的出现，标志着明代戏曲一个重大转折的开端，也可看做汤显祖《牡丹亭》之先声。他的《花木兰》在四剧中文辞最佳，自此后，各种戏曲搬演花木兰剧，绵延不绝。他的《女状元》更是呼出："立地撑天,说什么男子汉";"世间好事属何人?不在男儿在女子!"这是对几千年把女子与小人视为一同的封建观念的大否定。他的《狂鼓史》把他对严嵩、李春芳之流的痛恨与对忠臣义士的崇敬,通过阴世弥衡骂曹操的形式,得以痛快地宣泄。祁彪佳称《四声猿》:"纸上渊渊有金石声。"陈栋则赞曰:"如怒龙挟语,腾跃霄汉间,千古来不可无一,不能有二。"《四声猿》的确是集思想性与艺术性高度统一的产物,有惊世骇俗的力度和撼人心魄的能量。

1850年,明隆庆五年(1571年)状元、授翰林院修撰的张元忭请同乡徐渭赴京帮忙,但徐渭的孤傲狂放使张元忭渐渐地难以忍受,二人逐渐产生冲突。徐渭与张元忭的决裂,是双方地位悬殊和他们对封建礼法制度态度的不同所致,意味着他与官僚阶层的彻底决裂。他恨透了官僚阶层的虚伪丑恶,自京返乡后,如陶望龄说的"深恶富贵人"。见官员来访,用背顶门大叫:"徐渭不在!"如张汝霖说的:"楗户不肯见一人,绝粒者十年,挟一犬与居。"他只爱与他的门生晚辈们交往。其中王骥德与他性情最相近,"原不为谒侯门卖弄风骚,逍遥成越鸟"。他对戏曲嗜好成癖,这与徐渭对他的影响有很大的关系。徐渭作《四声猿》后三剧时,每作一剧都唱给王骥德听,听取他的意见。王骥德写过许多传奇,而以《曲律》这部古代戏曲理论史最有影响。他主张要注重舞台效果,主张语言的"本色",反对文辞化等,都是继承了徐渭的思想。

古戏台上的鸡笼顶

除王骥德外，还有史槃、王澹、柳濖、陈汝元、王图、吴系、马策等皆是徐渭的学生，在文学艺术方面都各有成就。可以说，徐渭的晚年，围绕着他的周围，形成了一个相当活跃的文学群体。这个文学群体大多是平民阶层的文人，他们决意背离封建道德传统，绝不把戏曲看做低等文化，他们中有不少人都与其师一样常常亲自粉墨登场。他们创作时大多一起切磋，又遵循相同的理论指导。有不少人把文学艺术的追求视为人生的目标，成为戏曲专家。

徐渭晚年与汤显祖的文字之交，在戏曲领域里留下了一段佳话。徐渭曾说："近见汤显祖，慕而学之。"这说明徐渭实在不是一个傲慢的人。而汤显祖则称他为"词坛飞将"，说："《四声猿》乃词坛飞将，辄为之演唱数遍。安得生致文长，自拔其舌。"一派真诚。

边关名将李如松是徐渭的忘年交。1589年，李如松由山西总兵迁为宣府总兵时，邀徐渭去做幕宾。徐渭当时已年近古稀，欣然前往。可惜体力不支，到徐州后又返回。回绍兴后他给李如松写了一信，请求资助他刻印文集。1590年，他自刻的《徐文长初集》就是在李如松资助下如愿以偿的。

在绘画艺术领域，徐渭晚年的作品登峰造极，他也充满了自信。如《画百花卷与史甥》，题曰"漱老谑墨"："世间无事无三昧，老来戏谑涂花卉。藤长刺阔臂几枯，三合茅柴不成醉。葫芦依样不胜楷，能如造化绝安排。不求形似求生韵，根拨皆吾五指栽。胡为乎区区枝

徐文长书画作品

剪而叶栽? 君莫猜, 墨色淋漓两拨开。"

他的泼墨大写意画开一代"青藤画"风格之先河, 放纵恣意, 随心所欲。"小白连浮三十杯, 指尖豪气响成雷"。大画家纵横不可阻遏的气势和自信扑面而来。后世许多杰出的画家如陈洪绶、郑板桥、吴昌硕、齐白石等都对他表示了无限的崇敬。郑板桥对徐文长的绘画更是深为倾慕, 曾刻一印, 自称"青藤门下走狗"。齐白石在一首诗中也说: "青藤雪个(朱耷)远凡胎, 缶老(吴昌硕)衰年别有才。我愿九原为走狗, 三家门下轮转来。"在1961年徐渭诞辰四百四十周年之际, 被列为中国古代十大名画家之一。

徐渭的画, 从题材来说, 于山水、人物、花卉及鸟兽鱼虫无一不能, 而以花卉为最佳。他于绘画方面的创新, 最重要的不仅在题材与技法上, 而是属于精神气质方面的。"他胆大气雄, 纵

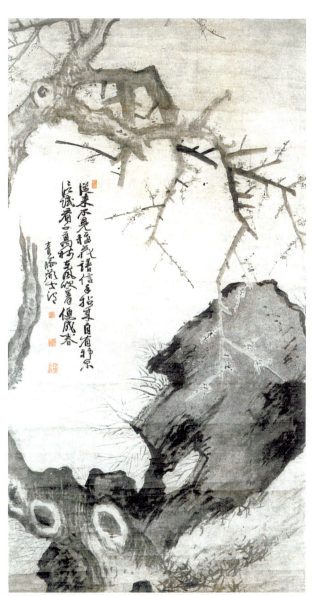

徐文长书画作品

横不可一世之态，远非前人之能比。而更可贵的是，他通过独特的笔墨，在画中注入了强烈的主观情绪，使人能从中感受到他内心的激动、痛苦、寂寞和真诚的人格以及狂傲不驯的精神。画中之物已不是单纯的客体，而成为主观情感的象征"。他的存世作品《杂花图》、《黄甲图》、《墨葡萄轴》、《月竹图》等都使后人赞叹不已。

徐渭在书法艺术上强调表现自我的性情，要求"出乎己"。"凡临摹直寄兴耳，铢而较，寸而合，岂真我面目哉！"又称"时时露己笔意，始称高手"。他主张书不陷入他人窠臼："夫不学而天成者尚矣。其次始于学，终于天成。天成者非成于天也，出乎己而不由于人也。"袁宏道评他的书法："不论书法（法指法度）而书神，先生诚八法之散圣，字林之侠客也。"郑板桥《贺新郎·徐青藤草书一卷》曰："墨沉余香剩，扫长笺，狂花扑水，破云堆岭。云尽花开无一物，荡荡银河泻影。又略点，箕张鬼井。未敢披图容易玩，拨烟霞，直上嵩华顶。与帝座，呼相近……"行家认为徐渭的书法用墨较重，但丰润中见超逸，狂放中有媚姿，风格奇特。其精神气质，仍可用"颓放"二字概括。

徐渭是个悲剧人物，但正是坎坷多难的生活，铸就了他文学艺术上全方位的大成就。他曾自语："吾书第一、诗二、文三、画四。"他在各方面的创作从思想上和艺术上都有强烈的一致性。"颓放"是他的特点。当然，这"颓放"并非消极意义上的颓废，而是"在内在的精神上，表现了强烈的个性意识、自由意志，以及个性遭受压抑时所产生的充满悲愤的反抗精神和由失望引起的痛苦"。在艺术上反对一切虚伪矫饰，在各个领域里按自己的需要酌取前人长处，兼收并蓄，另辟蹊径，大胆创新，因而达到了别人所达不到的高度。

徐渭尚存的著作有《徐渭集》、《徐文长文集》、《徐文长逸稿》、《徐文长佚草》、《南词叙录》等。存世的书画作品甚多，但多已流散，徐崙的《徐文长》一书附有详尽的书画著录。

徐渭曲折坎坷的人生经历造就了他个性中既有幽默诙谐、爱国爱乡、蔑视权贵的一面，又有愤世嫉俗和放诞不羁的一面。他的这种思想性格，必然为封建统治者所不容，但受到人民普遍的欢迎和赞扬。于是，绍兴民众的民间口头文学创作就以历史人物徐文长的轶事趣闻为基础，又吸收了大量机智人物类的故事，日积月累，经民间广泛流传，形成了一个庞大的故事群。正如美国学者洪长泰所说："徐文长故事，它虽然以明代著名文学家、风流才子徐渭为原型，其实许多故事均出于附会、虚构，主人公不过是一个箭垛式人物，它不同于一般的名人传说。故事中既有他反对社会强暴，为下层民众伸张正义的一面；也有俗不可耐的恶作剧。五四时期，大批现代民间文学家喜爱这个形象，归根结底，是他们通过徐文长的反儒学、反传统和蔑视权威的精神，找到了自己思想上的共鸣点。"

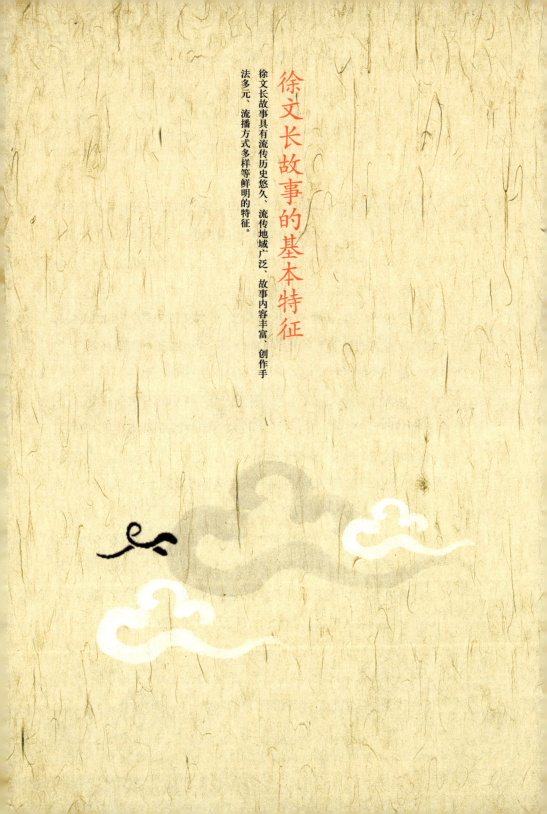

徐文长故事的基本特征

徐文长故事具有流传历史悠久、流传地域广泛、故事内容丰富、创作手法多元、流播方式多样等鲜明的特征。

徐文长故事的基本特征

　　徐文长故事的内容主要有: 惩罚土豪劣绅; 抗击倭寇的奇谋战绩; 诗词、对联和书画; 解决疑难问题的智慧和谋略; 对封建社会腐恶势力及丑恶现象的辛辣讽刺; 对朋友和下层百姓的百般呵护; 恶作剧故事等。这些故事全方位、多角度地展现了徐文长多才多艺、聪明机智、幽默诙谐、爱国爱乡、亲近平民、蔑视权贵等品性,具有浓郁的绍兴文化特色和乡土气息,使其成为绍兴老百姓心目中机智人物类的典型代表。作为历史悠久、流传广泛、传播方式多样、内容丰富、学术价值极高的民间口头文学,它又为传记文学和历史研究提供了有益的资料。钟敬文说:"过去民众的社会观感、社会批评,往往通过他们的韵语、笑话和幽默的台词、动作等艺术地表现出来。在这种意义上,一直到还被保留下来的民间文学、艺术作品, 是我们研究过去民众心理和民众意见的丰富资料库。" (《二十世纪中国民俗学经典》)

　　徐文长故事具有优秀民间文学的许多特征。如对于民俗的依存性、故事的原创性、传承方式的口头性和内容的变异性、创作手法的多元性等。它植根于民间,同时,由于纵向传承和横向流布,在人们

讲徐文长故事

口耳相传中不断加工创作，使故事内涵更为丰富，可以说，它也是绍兴民间文学生存和发展的缩影。概而言之，徐文长故事具有流传历史悠久、流传地域广泛、故事内容丰富、创作手法多元、流播方式多样等鲜明的特征。

[壹]流传历史悠久

徐文长故事流传历史悠久，前文已有提及。在三个多世纪的演绎、传承过程中，它经历了由明清、民国到新中国这样三个历史阶段。

在明清文人笔记中，记在别人名下的机智人物类故事，当时已经积累不少，而且流传地域广泛。这些人物故事的叙事形态也复杂多变，有的情节已经形成了故事类型，并逐渐流播。生活中有一些不满封建礼教，常在诗文、戏曲、书画之中发泄其抑郁不平之气，而言行又多有出格之处的文人，其性格以及他们的轶事趣闻，早在民众中口耳相传。这种口头文学进一步发展的结果，除偶尔被载入文史典籍外，就酝酿出一批机智人物类故事来，而徐文长正好成为大量机智人物类故事的箭垛。这种现象引起了有关专家学者的关注。

民国时期，受五四新文化运动的冲击，绍兴民间有关徐文长故事的搜集、整理趋热，逐渐有了丰富的文字记载，加工、记录、发表

"非遗"普查成果

了许多徐文长故事。当时，其搜集故事篇幅之多、采录人队伍之众、采录活动声势之大，引起民俗学专家、学者的关注和重视。

绵延承袭到当代之后，大量机智人物类故事的传讲、演绎活动更加深入、普及，所采录的故事也越发精彩。据不完全统计，其间结集出版的类似徐文长故事的机智人物类故事达千篇以上。

新中国成立后的六十多年间，中国民间文艺学掀开了新的一页。绍兴市委、市政府及文化行政部门和文化业务单位，加强领导，建立健全运行机制，充分发动群众，深入城乡开展"非遗"普查、文艺采风活动，组织相关专家及"非遗"保护工作者采集、编写、出版徐文长故事，取得了丰硕成果。同时，由于我国改革开放政策和绍兴文化的广泛影响，徐文长故事的流传已遍及全国，并传播到海外。

[贰]流传地域广泛

徐文长故事的原生地绍兴市越城区（旧时称"山阴县"），留有众多的徐文长故事历史遗存依附点（文化纪念物）：今绍兴市观巷大乘弄的青藤书屋，是徐渭出生、生活和读书的地方；市郊城南7.5公里的大木栅村姜婆山旁有徐渭墓；徐文长生前所作的书画、文稿、杂剧、楹联、诗赋等作品散失不少，今尚存世的，大多为国内和海外各大博物馆所珍藏。

旧时绍兴农村中，年庆节日、迎神赛会、庙会戏场、农闲休息、夏夜纳凉、茶余饭后，往往是百姓讲故事的好时光。传讲徐文长故

曹娥庙会

老街

事最盛的地方，在城乡、田间、晒场、凉亭、路廊、河埠、桥塊、茶馆、酒肆等场所。很长一段时期内，绍兴和外地的民俗学者又记录、整理、润色、改编这些故事，并诉诸文字，编入志书、野史和笔记，刊载于杂志、报纸和通俗读物之中。于是，流传于绍兴市全境，尤以越城区和绍兴县更为密集、广泛的徐文长故事，逐渐扩布至浙江、上海，跨出国门，传至四海。又鉴于绍兴文化影响所及，绍兴籍人士外出经商、打工的人数众多。再加上宣传媒体、通信设施、现代科技传播手段的作用，徐文长故事如飘飘洒洒的蒲公英种子，随风飞扬，远播四海。

书籍的出版对于徐文长故事的传播也有着非常重要的作用。

20世纪20年代，上海就出版了《徐文长故事》。同一时期，北京《京报》副刊也刊登过不少的徐文长故事。由于顾颉刚先生的积极倡议，总发行所设在上海四马路的北新书局于1931年又出版了《徐文长故事外集》，至1933年11月，此书已印行四版。当时北新书局设在北平、南京、开封、重庆、武昌、济南、成都、厦门、昆明、贵阳、温州、广州的发行所也大量发行《徐文长故事外集》和《徐文长故事》。其间，在绍兴的一位民俗学家陶茂康先生，鉴于对民间

《徐文长故事外集》封面

文学的痴迷和热爱，自筹资金，在自己的家乡绍兴县汤浦镇创办《民间》杂志，收有徐文长故事百余篇。

20世纪20、30年代的出版物中，林兰编的《徐文长故事》是比较重要的一种。该书收徐文长故事一百零二篇，书前有赵景深"新序"，书后附明代袁宏道《徐文长传》和赵景深的《徐文长故事与西洋传说》一文。此书初集1925年出版，到1930年又改出大书，收正集一本、外集三册。到了1971年，娄子匡在艾伯华的帮助下，在台湾重印一大批民俗学、民间文学书刊，定名为"东方文丛"，其中收有这本《徐文长故事》。徐文长故事在民间文学史上的重要性由此可见一斑。

《东方文丛》封面书影

这里还要提到黎明书局1934年出版的由钟敬文编纂的刘大白遗著《故事的坛子》，极其珍贵。刘大白先生是绍兴人，该书中有《我所闻见的徐文长故事》（一）、（二），今天读来分外亲切。

德裔美籍学者艾伯华（1901—1989）自20世纪30年代起就十分关注中国民间文

学，1934年曾在浙江做过调查，1936年回德国，1937年在赫尔辛基出版《中国民间故事类型》。此书一直到1999年才由商务印书馆出版中译本。在本书中，艾伯华使用国际通用的AT分类法，将中国民间故事分类并展开研究。其中"滑稽故事"大类中专设"徐文长I"、"徐文长Ⅱ"、"徐文长Ⅲ"、"徐文长Ⅳ"四类，以下又分设八十四个亚型。也就是说，艾伯华把许多滑稽故事、机智人物类故事都归到"徐文长故事"名下去研究，由此可见徐文长故事在中国民间故事大家庭中的重要地位。

另一位学者也注意到了这个现象。美籍华裔学者丁乃通撰写了《中国民间故事类型索引》，此书1978年在赫尔辛基出版；1986年译成中文，由中国民间文艺出版社出版。丁乃通的分类比艾伯华更进了一大步，在分类处理上渐趋合理、精致，其中许多类型都涉及了徐文长故事。

从20世纪30年代起，陆续有专家学者就徐文长故事展开讨论，发表论文，或在他

《中国民间故事类型索引》封面书影

们的理论专著中加以评述。限于篇幅，这里不能一一列举。美国学者洪长泰《到民间去：1918—1937年的中国知识分子与民间文学运动》一书中也曾多次提到徐文长故事，已见前文征引，不再重复。

[叁]故事内涵丰富

流传至今的徐文长故事是一个庞大的故事群，内涵丰富，篇目繁多，具有浓郁的乡土气息，涉及社会生活的方方面面。如果从故事主人公的年龄段来说，时间跨度从出生、童年、少年、青年、中年、晚年到临终；如果从故事主人公的人生历程来讲，又从灵童、学生、青年才俊、贡员、秀才到幕僚（师爷）；如果从展现故事主人公的才艺来讲，从诗、书、画到文坛高手。故事类型广泛，全方位地塑造了一个富有个性、机智聪明的人物形象。

正如洪长泰在《到民间去：1918—1937年的中国知识分子与民间文学运动》一书中所分析的那样，徐文长传说的主旨之一，是对儒学道德观念进行不懈的嘲讽。故事中徐文长的一些行为，是与封建观念公开作对，是对正统文人身份的背叛。但是，徐文长所有的玩笑和恶作剧，都淋漓尽致地体现出其横溢的才华以及无所畏惧、顽强自信、善良正直的品格。另外，从某种意义上讲，徐文长也是五四时期一代知识分子心目中的英雄。"大批中国现代民间文学家喜爱这个形象，归根结底，是他们通过徐文长的反儒学、反传统和蔑视权威的精神，找到了自己思想上的共鸣点……此外，对民间文学家而言，徐文长不仅是一个与他们相似的学者，而且是一个深得民心、亲近民众的学者，这后一点更为重要。徐文长因此是民间传说主人公中的一位有特殊意义的代表，是把民众知识和知识分子联系在一起的人。民间文学家们把他称做'中介性人物'。现代民间文学家也许并不赞成徐文长的玩世不恭，但他们赞成他的价值观念，特别赞成他反儒学、反传统的坚定立场，以及他在那个传统社会中所表现出来的过人胆识和大无畏精神"。

所以，徐文长故事具有深厚的文化内涵，展现了人物形象的丰富多样，深刻地反映出绍兴民众的道德、智慧和心灵，也充分体现了民众的集体智慧和天才创造。

[肆]创作手法多元

徐文长故事可谓是民间故事体裁模糊的例证。历史上，徐

绍兴师爷博物馆

渭实有其人，此人性格狂傲，愤世嫉俗，言行多有出格之处，常在诗文、书画、戏曲之中发泄其抑郁不平之气。正因为他有这样一种叛逆性格和乖戾性情，明清以来，人们开始以他的趣闻轶事为基础，逐渐在绍兴民间口头传播，促成了口头叙事领域一系列徐文长故事的艺术创造，成了脍炙人口的传说故事。到了近现代，受浙江等地许多机智人物类故事的影响，徐文长故事中也增加了许多相似的故事内容。于是，人物传说就演变成了机智人物类故事。

在故事流变过程中，创作手法多元，往往介于故事与传说之间。故事中的历史遗存（文化纪念物）、地方风物，以及与相关人物之间等，都带有明显的传说特征，以增强其可信性。而这里所说的创作手法多元，主要体现在以下四个方面：

第一，反映在讲述人对叙事时间的掌控上。历史上徐文长故事发生时间与讲述时间是不同的。历史人物徐渭从出生到死亡，其间七十三年的实际生活中，故事发生时间是立体的，许多相关事件往往发生在同一时间。可是故事里的人物和事件却已被投射到一条直线上。人们用话语一件一件地把故事叙述出来，叙事时间的处理表现出较高的技巧。徐文长故事比较多地采用了我国民间故事以顺叙为主的手法，即以一人为主线，按发生时间先后为序，连贯地展开叙说。每个故事的时间、空间、背景不同，讲述人往往在传说故事中只选取一二个素材，稍加变化，加到主人公身上。这种相对独立的故事，合起来又是一个整体，构成了曲折丰富、头尾分明的故事情节。讲述人巧妙地将因果关系消融在自然、清晰的时序里，从而使故事产生了巨大的艺术魅力。

第二，反映在讲述人对叙事体态的把握上。前面提到，徐文长故事是绍兴民众集体创造、享用、保护和传承的，大多数故事属于无名氏创作。对于讲述人这一传承载体而言，古今流行的主要叙事体态可分为三种情况：

1. 叙述者大于人物，是一个对人物身上的一切，包括内心隐秘无所不知的全知者。

2. 叙述者等于人物，一般采用第三人称，尤其跟随故事主人公用其感受来叙述故事。

3. 叙述者小于人物，只限于叙述从外部观察所得的某些特殊印象，于平凡中显出不平凡。

徐文长故事是属于第一种叙事体态，兼用第二种叙事体态。叙事者既是故事的见证人，又似乎比当事人知道得更多，并且贴近故事人物，进行冷静的剖析，怀着热烈情感来叙述故事，描绘情景。由于讲述者来自社会各阶层，不同的人生体验相综合及集体加工修改的缘故，他们比故事人物知道得更多，从而把听众（读者）引向更广阔的世界，体验故事人物丰富的人生，同时常常在立场和情绪上与其融合无间，使所讲故事更加亲切感人。

第三，反映在讲述人对各种人物、事象的观察方式，即叙述体态的选择上。讲述人的主要语式有叙述与描写两种。其鲜明的特色为粗细结合，简洁明快。试以《三难窦太师》为例，徐文长不仅三次难倒窦太师，还让他当场出丑。在客观的叙述中，渗透着强烈的爱憎情感，表现出讲述人鲜明的立场。徐文长故事有许多篇幅的描写属于通常所说的白描手法，即粗线条勾勒。寥寥数语，人物形象便跃然纸上，钻进听众的耳朵里。贪官污吏和恶奴帮凶蛮横霸道的嘴脸，主人公不畏强暴、狂傲不羁的形象活灵活现。讲述人一般不对人物环境作精雕细刻，但很注重对话，可以说粗中有细，粗细结合，表达明快有力。此外，讲述人对人物性格各个侧面并不作精细描绘，但紧紧抓住了人物主要性格特征，并善于以情节的反复逐步加深人们的印象，把主人公作为现实社会中机智人物类的代表来描述，甚至作为某种道德观念和智慧的化身来表现，使讲述人和听众（读者）都可以根据自己的生活体验生发联想，心目中浮现出活生生的人物形象来。

第四，反映在着重情感表达为重要特征的叙事风格上。徐文长故事作为一种渊源久远又借口头语言表达的艺术，故事讲述人并不逐一精细地再现人物、事件、环境的客观特征，而在于着重叙述那些最能牵动听众（读者）情感的故事。口耳相传的结果，已被绍兴民众渲染上浓重的感情色彩。讲述人对人们喜爱的主人公尽力加以美化，把主人公曾经历过和未曾经历过的，真实的和虚幻的，凡是民众认为应当有的东西都一股脑儿地堆加在其名下；而对邪恶者竭力加以丑化，并按照人们的意愿，给他们安排了应得的结局。讲述人在故事的叙述、描写中，将夸张、对比、象征等手法加以广泛应用，其作用是不言而喻的。

总之，徐文长故事作为一种文本和口头传说并存的民间文学，在继承前代的基础上，其流播如同滚雪球一般。由于创作手法的多元性，那些世代相传、由来已久的精彩故事，被历代民间艺人、讲述人绘声绘色地加以渲染，将故事主人公徐文长这一人物演绎得栩栩如生，入木三分，使每个故事都蕴含着绍兴民众的思想、观念、情感和心声，并不断地被注入新的精神。

茶馆

[伍]传播形式多样

徐文长故事在绍兴民间流传了三个多世纪，内容越传越丰富，地域越传越广阔。

最早的传播形式是世代承袭、口耳相传，这是传讲的最主要的方

讲徐文长故事

式。传讲人以血缘、亲缘、师生缘等为纽带，以家庭、宗族为主线，由长辈向晚辈传讲。其次，又以世谊、乡谊、戚谊、年谊等为纽带，以社会交往的友人为主线，互相传讲，具有互动性。

其次，是文字的传播。从明到清，再到民国和当今，从最早见于记载的《明史·徐渭传》，到从民间采集的故事形成文字后公开出版，以及民国时期许多版本的徐文长故事，无一不为徐文长故事的传播和保存发挥了非常重要的作用。

再次，借助戏曲、曲艺、电影等多种形式演绎徐文长故事，也是一种让徐文长故事广为流传的形式。历经百年沧桑的绍兴莲花落，是植根于绍兴民间，深受普通民众喜爱的说唱艺术。在长期的演唱实践中，其曲目创作十分丰富，内容大多取材于民间生活，具有浓郁的乡土气息。其中根据徐文长趣闻轶事创作的篇目有《徐文长三气窦太师》、《徐文长追债》、《徐文长卖桥》《徐文长引笑》等。另外，绍兴电视台曾于2001年，以徐文长生平故事为主线，精心拍摄由绍籍作者叶坚、曾涛合作创编的电视连续剧《徐文长外传·都来看》（二十五集），受到绍兴和省内外观众的普遍欢迎，使徐文长故事通过荧屏走进千家万户，传遍四面八方。另有绍兴文化企业投入巨资，采用动漫的形式，拍摄了《少年师爷》等与徐文长故事相类似的动画片，在中央电视台播出，这也不失为一种很好的传播样式。

徐文长故事音像制品

此外，以演绎徐文长故事为主要内容的美术、书画、摄影作品，近年来在报刊、展览中也屡见不鲜，十分热门。创作者从徐文长故事中挖掘题材，提炼主题，汲取丰富的营养，这也为徐文长故事的广泛传播发挥了积极有效的作用。

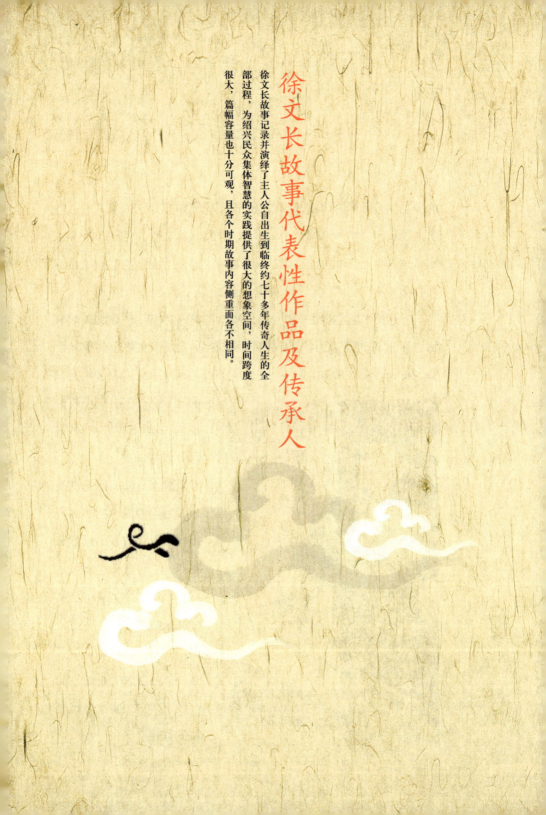

徐文长故事代表性作品及传承人

徐文长故事记录并演绎了主人公自出生到临终约七十多年传奇人生的全部过程，为绍兴民众集体智慧的实践提供了很大的想象空间，时间跨度很大，篇幅容量也十分可观，且各个时期故事内容侧重面各不相同。

徐文长故事代表性作品及传承人

徐文长故事源于绍兴民间百姓的口头流传，亦可从明清以来的典籍、野史笔记中找到其记载。故事中的主人公徐文长是绍兴民众心目中智慧的化身和救世英雄，给当世及后代留下了极为深远的影响。在口耳相传的过程中，代有善言之人传讲继承。徐文长故事记录并演绎了主人公自出生到临终约七十多年传奇人生的全部过程，为绍兴民众集体智慧的实践提供了很大的想象空间，时间跨度大，篇幅容量也十分可观，且各个时期故事内容侧重面各不相同。为达到窥一斑而知全豹的目的，现将徐文长故事中较为精彩的主要单篇刊载于后。

[壹]徐文长故事精选

竿上取物

有一年春天，徐文长的伯父想试试孩子们的聪明程度，拿了两只小木桶装上水，把十来个年纪相仿的小孩子领到一座又矮又小的竹桥旁边，说："孩子们，你们能把这两桶水拎过去而不湿脚吗？要是谁能够拎过桥去，我就送他一包礼物！"

"好！"孩子们一阵笑嚷，但再看看这座桥，便不敢了。原来，这座竹桥桥身很软，贴近水面，普通的孩子只可拿三五斤东西，勉强过桥。否则，桥身就会发软，弯下去碰到水面。

大家正在思考，不料有个胆子比较大的孩子站了出来，他莽莽撞撞地拎起两桶水想走过桥去，可是才跑了几步，鞋底早已沾着水面。别的孩子见状，个个都怔住了。

徐文长见大家一声不响，便走出来说："既然大家都不走，就让我来试试吧！"他脱去长袍，又脱去帽子和鞋子，先拿一桶水放到水里试试，见木桶没有沉下去，于是找来两根绳子，把两桶水在水面牵着，边牵边走，轻轻巧巧地到了桥对岸。

"好哇！"孩子们见徐文长过了桥，个个都拍手称好。他的伯父一边点头称赞，一边就把事先藏好的礼物取了出来。孩子们一看，咦？这包礼物不是拿在手中，而是吊在一根长长的竹竿上面的，心里很奇怪。伯父拿着竿子说："孩子们！现在礼物就吊在上面，你们拿时要依我两桩事：一、不能把竹竿横放下来；二、不能垫着凳子去拿。如果你们谁能设法把它取下来，这礼物就归你们。"伯父还未说完，许多孩子都争着想试一试，有几个甚至在竹竿下跳得老高老高，伸着手想去拿，但一点用处也没有。

徐文长站在一旁，不动声色。他听清了伯父的吩咐，仔细打量了一下长竹竿，想了一想，就走了上去，从伯父手中接过了竹竿。他很快把竹竿放到了一口水井的旁边，然后让竹竿竖直，慢慢地从井口放下去，当竹竿放到和他身子一样高时，他便笑嘻嘻地把礼物从竹竿上取下来了。

（原载于1979年11月《西湖文艺》编辑部"西湖丛书"之七《徐文长的故事》，谢德铣、阮庆祥、寿能仁、李韩林采录编写。）

猜帽子

徐文长从小很聪明，左邻右舍都喜爱他。

一天，隔壁阿公拿着两顶蓝帽子和三顶黑帽子，对徐家的三位堂兄弟说："我来试试你们谁聪明。现在我有五顶帽子，只有两种颜色。等会儿你们闭上眼睛，我给你们三人每人戴上一顶帽子。另外留下两顶，你们可以看别人的帽子，但是不能说出别人戴的帽子的颜色，也不能脱下来看自己的帽子。那么大家来猜猜看，剩下来的两顶帽子到底是什么颜色？"大家觉得很有趣，连忙照阿公的指点，分成三角，面对面站好，并把眼睛闭了起来。

阿公很快给徐家三兄弟戴好了帽子，然后就叫他们张开眼睛来猜。大家看看别人的帽子，又摸摸自己的帽子，你看看我，我看看你，都笑了起来。想了一会儿后，大哥说："我想来想去猜不出来。"二哥也说："我想来想去也猜不出来。"年纪最小的徐文长却说："哈，我猜着了。那剩下来的两顶帽子一定是一蓝一黑了！"

阿公笑着问他："文长，那你是怎么猜出来的呢？"

徐文长回答道："我这样想：要猜剩下来的两顶帽子的颜色，就要先知道另外三顶帽子的颜色。现在，两位堂阿哥帽子的颜色我看得见，要弄清的是我自己戴的这一顶的颜色。但我自己戴的这一顶颜色却看不到。怎么办？因此我只能从他们的两顶帽子上来设想。"徐文长说到这里，停了一下。他见大家专心致志地听着，便接着说："我看见大哥戴的是黑帽，二哥戴的是蓝帽。本来，我也猜不出自己帽子的颜色。但后来大哥说猜不出，二哥也说猜不出，于是我从这里想出答案了。"

"你是怎么想的呢？"

徐文长回答说："我想，要是我也和二哥一样，戴的是蓝帽，大哥一定猜得出剩下的两顶一定都是黑帽，因为黑的有三顶，蓝的一共只有两顶嘛！可见，我不会戴蓝帽的。现在，大哥、二哥都说不知道，那么我戴的一定是黑帽了。这样，我就知道已经戴上的是两顶黑帽，一顶蓝帽，剩下的是一黑一蓝无疑了。"

阿公听着，将着白胡须，高兴地点头说："对呀！文长正是在你们两人说'不知道'的当中，找到了'知道'的线索，因此猜中了！"

大哥和二哥赶紧把阿公放帽子的盒子打开来一看，一点不错！果然是一顶黑帽子，一顶蓝帽子。

（原载于1979年11月《西湖文艺》编辑部"西湖丛书"之七《徐文长的故事》，谢德铣、阮庆祥、寿能仁、李韩林采录编写。）

对课

徐文长念书的时候，功课出奇地好，还常常难倒塾师，好几个塾师气得背起包袱离去了。徐文长的母亲不知内情，总以为儿子调皮，不能成器，只好怪丈夫早辞人世，无人管教孩子，常常因此而叹气。

徐文长十四岁那年，有个姓姚的塾师，学识渊博，且最喜欢教聪明有为的学生，不怕学生超过自己。他得知这个情况，主动前来任教。

有一天，姚先生想试探一下徐文长的功底，便在课堂上出了一个十五字的课题："高山弯竹，劈直篾，打圆箅（音jīu，"揪"），箍腰子脚桶。"当时学生都面面相觑。徐文长眼珠轮了几轮，不慌不忙地答道："低田矮草，搓长绳，搭方棚，生猪头南瓜。"众学生都把头转向他，露出了钦佩的神色。可姚先生不露声色，尽管他知道徐文长的课对得很工整，已可窥见他的水平，但还想考考他。

刚巧，远处飞来一只喜鹊，停在屋外一株冬青树上鸣叫。姚先生便出了一个更长的课题："喜鹊叫，尾巴翘，越叫越翘，越翘越叫，叫叫，叫叫，翘翘，翘翘。"这可是个相当难对的课了。不料不到一袋烟工夫，徐文长又对出了下联："蚂蟥游，身子缩，越游越缩，越缩越游，游游，游游，缩缩，缩缩。"这下可把姚先生惊着了。

在暗暗钦佩之余，为不失师长风度，姚先生再出一课，而且有意出了个不符自然规律的怪题："一只喜鹊飞过九座山头，变成一只黑燕。"徐文长随即回答:"一条泥鳅钻过三支田塍,变成一条黄鳝。"姚先生不解地问:"泥鳅怎会变黄鳝?"不料徐文长出口反问:"姚先生,那喜鹊怎么会变黑燕?"姚先生诙谐地说:"因为九座山都是煤山,喜鹊飞过时未免沾上煤灰,故而像只黑燕。"徐文长答道:"那条泥鳅钻过三支田塍都是黄泥。近朱者赤,近墨者黑,所以泥鳅变成了黄鳝。"

在座的同学都笑了起来,姚先生也开心地笑了。他十分欣赏徐文长的聪颖敏捷,事后,在徐文长的母亲面前,他夸奖徐文长必成大器,同时也更尽心地教导徐文长了。

（原载于绍兴市民间文学集成办公室编《浙江民间文学集成·绍兴市故事卷》,许中先采录编写,中国民间文艺出版社,1989年12月。）

贡院考试

开考了,贡院内鸦雀无声,童生们端坐一堂,静静地等待考官把题目发下来。

主试官窦太师刚到绍兴就听说"中国才子数浙江,浙江才子数绍兴",心里早有疑惑。为了试一试绍兴才子的本领,他先随口念了一个课:"宝塔圆圆,六角八面四方。"叫大家来对。这时,全场默默无声,都想不出好句子来。窦太师连声催促,全场考生只好举起手来摇摇。

　　窦太师一看，便洋洋得意起来，禁不住冷言相嘲："啊哈！绍兴果然多才子，对起课来变呆痴！"他话刚出口，徐文长突然高喊道："太师，你误会了，这个课太简单了，我们都已对出，而且对得很好。因为考场规矩森严，不能你言我语，闹成一片，只好用手摇摇做个暗号，意思是对'玉手尖尖，五指三长两短'，太师你看如何？"窦太师仔细一听，不但对得巧妙，而且词性平仄也甚契合，不禁大为惊愕。

　　窦太师见这个课难不倒考生，眉头一皱，又有一计涌上心来。他接着说："好吧！算你们对着。不过，诸生休得自夸。世上文章，千变万化。区区一课，算不得什么！我现在再考你们。"说完，忽然拿起一把剪刀，笔直插入木柱，说一声："诸生开笔。"就管自走了。

　　没有题目，只插一刀，好一个奇怪的考法！一时弄得大家丈二和尚摸不着头脑，我看看你，你看看我，人人搁笔发呆。徐文长见大家做不出来，就提醒道："太师来这一手，是想难倒我们。他拿起剪刀，戳破木头，这不是'起剪破木'吗？他是叫我们论战国时的四员大将——白起、王翦（与"剪"同音）、廉颇和李牧呢！没有错，大家赶快动手吧。"

　　童生们对这四个古人事迹素来熟悉，经徐文长一提，才知原来如此，因此个个得心应手，一挥而就。

　　不久，窦太师又进来了，见大家缩手端坐着，以为这次真的被他难倒了，才慢吞吞地念出了题目"论起翦颇牧"。大家一听，果然不错，就都高高兴兴地立刻交了卷。

窦太师接过试卷，顿时愣住了。心想，才念了题目，怎么一下子就都写好了，难道真的做出了吗？于是，他吩咐考生暂勿退场，自己立即抽卷阅读。一看，果然佳作很多。他特地抽出写着"徐文长"名字的考卷来看，更是妙笔生花，不禁暗暗惊叹。但是看到卷末画着祭桌和灵牌，窦太师十分生气，心里骂道："好自负的小子！考还没考中，就想做官祭祖吗？"于是提笔批道："文章虽好，祭祖太早。不取！"

以后，徐文长入了幕，有人告诉他这次批卷的事。徐文长听了哈哈大笑说："真是个昏头的太师！我哪里想做官祭祖，因为老母生了病，我一边考一边记挂她，写好文章看看时间有多，才画了这点东西，我是想请祖先保佑她老人家玉体无恙哩！"

（原载于1979年11月《西湖文艺》编辑部"西湖丛书"之七《徐文长的故事》，谢德铣、阮庆祥、寿能仁、李韩林采录编写。）

该当何罪

有一年，绍兴来了个知府。知府有个小公子，年纪十四五岁，非常顽劣，常常依仗老子的官势欺负别的孩子。

一天，知府的小公子和十来个小朋友一道踢毽子。小公子平时很少练习，不懂踢毽子的法门，踢不上几脚，毽子就落到了地上。接着，另一位小朋友跟上去踢，却很熟练，眼快脚快，踢了五六十脚还没有落地。小公子很妒忌，就偷偷跟在后面，乘小朋友不防，猛然把他拦腰一撞。那小朋友被撞痛了腰，毽子落了地。小公子哈哈大笑，一个箭步上前把毽子踏在脚下。那孩子想想委屈，便哭了起来。别的小朋友都围上来和小公子评理，小公子讲不过大家，眼睛一白，眉毛一扫，又一个箭步上前把别的孩子的毽子也一个个全夺去了。

小公子刚想大摇大摆地回去，忽然有人上前把他拦住："喂，小公子，这毽子是大家踢的，快把它还给小朋友们！"

原来，徐文长刚路过这里，他在旁边已经看了一会，见知府的儿子这样蛮不讲理，很是气愤，特地出来说几句公道话。

跟随小公子的家丁袒护说："你这人真不识相。人家是官家公子，土地老爷也管不着，你多管闲事多吃屁。快走！快走！"

徐文长说："有理走遍天下，无理寸步难行。我不管公子勿公子，就是要管！"就当众夺下那公子手里的一大把毽子，分还给了小朋友们。小朋友们拿了毽子就走开了。这下，小公子撒野了，大哭大闹，跑进府门喊道："爹爹，有人打我。爹爹，有人打我。快来帮帮呀！快抓住他呀！"

这时，家丁已把徐文长抓了起来，押上堂去见知府。知府拍着台子大骂："你这个混账东西，我儿子好好在玩，你为什么夺他的毽子？"

徐文长不慌不忙地说："这不是他的毽子。他的毽子是夺来的，是抢来的！"知府听了觉得越发刺耳，便恼羞成怒地说："胡说！我老爷难道买不起毽子，要他去夺去抢吗？只有你才欺侮了我的儿子。呔！你可知罪吗？"徐文长听了，冷冷地说："你问我知罪吗？真是笑话了！哼！依我看，你大人倒才是不知罪哩！"

"什么？什么？我有什么不知罪……"知府诧异地问。

徐文长说："你这个公子一早在踢毽子，大人谅必知道。这毽子是上有羽毛，下有铜钱。铜钱上印着不是别的，而是万岁的年号。他如今竟手提毫毛，脚踢万岁，岂不是欺君罔上？常言道：'子不肖，父之过。'大人该当何罪？"

知府吓了一跳，想想这话有道理，"脚踢万岁"罪名可大了，弄不好六斤四两（脑袋）也要保不住，便连忙把徐文长拉到一边，赔笑说："好吧！好吧！大家谁也不要为难谁，这事情我们私下了结吧。"就亲自送徐文长出了衙门。

（原载于1979年11月《西湖文艺》编辑部"西湖丛书"之七《徐文长的故事》，谢德铣、阮庆祥、寿能仁、李韩林采录编写。）

府学宫斗钦差

明嘉靖年间，朝中宦官弄权，连号称"清水衙门"的礼部也被那班太监把持着。他们结党营私，贪赃枉法，大兴冤狱，弄得朝野怨声载道，民不聊生。

这一年春天，京师有个姓胡的太监，挂着"钦点巡学使"的官衔来江南一带巡学，到了古城绍兴。

绍兴府教谕童某是个善于奉承拍马、巴结上司的学棍，他听得那个胡太监来头不小，此番到绍兴，正是自己大献殷勤的好机会，于是马上传谕山阴、会稽两县秀才，前来府学宫（孔庙）集会，聆听钦差训示，并且规定每个秀才都要献纳名之为"敬师"的礼金。

童某的吩咐一下来，那些富家子弟当然加倍奉献；一班穷寒的秀才们不敢违礼，也只得东借西凑，忍痛交纳。只有山阴秀才徐文长不买账，分文不交。

府学宫集会这一天，两县秀才都到齐，唱名后鱼贯入宫，肃立在宫中恭听钦差训示。教谕陪着钦差转到后花厅小憩，进用茶点。这时，秀才们才松了一口气，三三两两地到学宫院子里谈论着诗文。只有徐文长独自悠闲自得地在庭院里观赏盛开的桃花和郁李。

这位钦差胡太监早就听闻绍兴出才子，这次巡学到此，一来想当面考一考秀才们的才思学问，二来也显一显自己的威风，因此兴致很浓。他用过茶点，就和童教谕一起到花厅，来和众秀才见面。

那童教谕早得知在两县秀才中只有徐文长一人没有照规定献纳"敬师"礼金，心里已经不悦，这时又见徐文长若无其事地独自在赏花，举止傲慢，旁若无人，不禁气上加气，盘算着要在众秀才面前狠狠地奚落他一番。他禀过钦差，用老鼠眼瞅瞅徐文长，就口占一课道："桃李花开，白面书生做春梦。"念毕，便命众秀才好好思考，当场对出下联。

俗话说："萝卜吃声，闲话听音。"徐文长在旁，早就听出这是教谕在指桑骂槐，借题发挥，分明是对自己不献礼金而发的挖苦话。他心里想：好一个为人师表的教谕老爷，自己不知羞耻，竟还来骂我。既然如此，我徐文长今天也不客气了。于是开言道："启禀学宪大人，这课，学生倒想好了一则下联，不知道是对是错，我念出来你听听吧。学生对的是：'梧桐叶落，青皮光棍打秋风。'"

童教谕见徐文长应声而出，吃了一惊，一听他念的下联，话中带刺，正触着了自己的隐痛处，于是脸上一阵青一阵红，半晌说不出话来。众秀才见徐文长对得这样妙，顿时也悟出下联的意思，不由得个个暗暗叫绝。

这时，坐在太师椅上的胡太监听徐文长出言不逊，当场弄得童教谕十分难堪，也有失自己的尊严。本想当众发作，但觉得没有什么理由，何况童教谕为他"打秋风"的事传扬开去也不好听，因此只装出一副若无其事的样子。他打量了一下徐文长。只见徐文长在这阳春三月天气，身上还穿着一件旧棉袍，手中却执着一柄夏天用的折扇，显出一副寒酸潦倒的样子，不禁嘿嘿冷笑了几声。他接着以尖尖的女人音调对徐文长说："俺也有一个课，恐怕不容易对出来。你好生想想，把它对上来……嗯！俺的上联是：'着冬衣，执夏扇，秀才不识春秋。'"

徐文长平日里最恨这班太监狐假虎威，专横跋扈，扰乱朝廷，现在有这样面对面交锋的机会，岂肯轻易饶他？于是，他理直气壮地回答道："揽北权，踏南地，钦差少样东西。"

"怎么？说俺少样东西，俺少样什么东西？"胡太监给"少样东西"这句话弄迷糊了，不解地问道。

这句话不重述还好，经他这么一重述，可就热闹了。在场的众秀才一阵骚动，几百只眼睛都望着胡太监那张没有长胡子的胖脸，个个忍不住笑出声来。

胡太监惊愕地看看徐文长，又看看众秀才，弄不清众人为啥如此发笑。这时，坐在旁边的童教谕已吓得面如土色，冷汗直冒。他赶快起身气急败坏地连声高喊："诸位肃静，肃静！"

笑声停下来后，但见徐文长轻摇纸扇，从容地踱着方步，走出府学宫大门，扬长而去了。

钦差胡太监等到徐文长离开后，方才醒悟过来，原来刚才徐文长说的"少样东西"正是在骂他，直气得浑身发抖，四肢冰冷，像一只癞蛤蟆似的颓然倒在太师椅上。

（原载于1979年11月《西湖文艺》编辑部"西湖丛书"之七《徐文长的故事》，谢德铣、阮庆祥、寿能仁、李韩林采录编写。）

青天高一尺

山阴县知县高某，因善于巴结上司，被调升为宁波府知府。消息传来，小小山阴县忙得不得了，全县大小绅士都来送行。有的送挂轴，有的送彩旗，有的送珠宝，有的送金银，真所谓百般礼物，应有尽有。山阴秀才徐文长闻讯后，也破例送来了横额，只见上面写的是"青天高一尺"五个大字。那高知县高兴极了，心想：徐文长乃吾浙著名的书法大家，平时欲求片纸而不可得，想不到今日却送来这五个大字，真使我此行锦上添花。

告别那天，高知县便把徐文长写的五个大字精心装裱后高高挂在宴会的堂前，得意洋洋地介绍说："此乃山阴名秀才徐文长先生亲手所赠，真是铁画银钩，笔力雄健，不可多得。只是他赞誉下官要比青天还高一尺，实系过誉之词，下官受之有愧。"说毕，呵呵大笑起来。

事后，有些正直的人特找徐文长质问："徐先生，你怎么也会给高某去捧场，实在想不到！此人在山阴县任内吸过多少民脂民膏，刮过多少地皮！这种贪得无厌的赃官，除恶犹怕未尽！请问，你送他'青天高一尺'的横额，到底是什么意思呢？"

徐文长听了哈哈大笑道："是呀，高知县在任内搜刮民脂民膏，手段无所不用其极，山阴县不知给他刮去了多少地皮。正因为地皮被他刮低了，青天才高一尺哩——这意思你们难道不懂吗？"

"啊，原来如此！"大家听了也禁不住哈哈大笑起来，称赞徐文长这五个字用得极妙。

高某到宁波府上任后，仍把"青天高一尺"的横额高高悬挂在府衙门的正堂，十分自得。哪知徐文长题字的故事连同他的劣迹，一传十，十传百，从绍兴传到了宁波，后来也传到高某的耳朵里。他只好悄悄地把这横额除下来毁掉了。但众口之议，无法阻挡，高某名声狼藉，在宁波呆不下去，最后只好卷起铺盖告老还乡了。

（原载于1979年11月《西湖文艺》编辑部"西湖丛书"之七《徐文长的故事》，谢德铣、阮庆祥、寿能仁、李韩林采录编写。）

为虎作"伥"

一天晚上，徐文长与谢时臣、刘世儒等文士在谈诗论画。谈到严嵩祸国殃民时，大家都咬牙切齿地痛骂起来。谢时臣说："如今朝廷里真是虎狼当道，奸佞专权，忠良遭殃！"刘世儒接着说："是呀！我看几时有暇，不妨来画一只丑虎，以泄心头之恨！不知诸君以为如何？"大家听了都表示赞同。

这时，绍兴知府衙门的衙役撞了进来，说是知府微服轻装，特来拜访徐文长。徐文长心想，我平素与官府很少来往，这绍兴知府徐煜乃是严嵩这只恶虎的义子，平时仗着严家势力，作威作福，今天何事来访？俗语说："来者不善，善者不来。"应当小心提防才好。

不过，此刻他既已上门，也不必特意回避。于是，他叫朋友们暂坐片刻，自己独自出来见客。

原来徐煜这人平日只认钱财，不习诗文，庸俗不堪，此时因闲得发慌，想装个斯文，听说徐文长是当今名士，就特地备了礼物，亲自前来拜访。见面之后，徐煜与徐文长客套了几句，就提出请他画个堂幅。徐文长听了，正中下怀，便满口答应。

徐文长送走了知府，向几位朋友说明知府来意，大家说："来的正是时候。"便决定以虎为题作画。他们兴致勃勃地挥动画笔，在那幅八尺长的堂幅上，画头的画头，画身的画身，画脚的画脚，画尾的画尾，乘此机会，大大地借题发挥了一番。

众人画毕，徐文长又添上了犀利的虎爪，点上凶狠的虎眼睛，终于画成了一幅名副其实的"恶虎图"。粗粗一看，那只恶虎张牙舞爪，气势汹汹。不过，细看起来，老虎尾巴下垂，已经显出威风将尽的样子。画好以后，大家觉得徐煜这号人物还不配与此虎相比。正在议论添上点什么，忽见徐文长拿起笔来，在这只恶虎旁边横写上了"文长"两字。

大家觉得奇怪，为什么要写上自己的名字呢？不过这"文长"两字的写法，与他往常写的颇不相同。细细一认，那"文"字的点和画写得很细很小，最后的一捺不但没有写出头，反而写成一竖似的，像个单人旁。徐文长见他们不解，便叫走远去看。一看，分明就是一个

"伥"字，于是都不约而同地哈哈大笑起来。

那脑满肠肥、胸无点墨的徐煜，得了这幅大堂画，喜出望外，当即把它高高悬挂在堂前，逢人就夸赞徐文长这幅画画得好。后来，有人忍不住提醒他说："知府大人，你不要再夸奖了。你看这'文长'两字的笔势岂不像个'伥'字么？"

徐煜再看那画上题名，越看越像"伥"字，便喃喃自语道："这小子莫不是在骂我'为虎作伥'？"于是吩咐衙役赶快把这画取了下来。

（原载于1979年11月《西湖文艺》编辑部"西湖丛书"之七《徐文长的故事》，谢德铣、阮庆祥、寿能仁、李韩林采录编写。）

酒楼题菜名

明朝年间，在绍兴城内有一家赫赫有名的酒楼，店主人姓滕，为人正直，态度和气，他不但善经营，而且也懂文墨，不论远近顾客都喜欢到滕氏酒楼来喝酒，徐文长先生就是这家酒店的常客。原因是店主人滕氏经常与徐文长吟诗作对，相互对课取乐，故成知交。喏，悬挂在酒楼正厅那块"和气生财"匾额，还是徐文长先生亲手写的呢。

有一天，徐文长和往常一样又来酒楼喝酒。店小二按照徐文长的吩咐，端来了一桶老酒以及过酒坯——一盘咸花生和一盘千张包。店主人滕氏听说徐文长来到，忙从店堂内迎了出来，笑呵呵地道："哟! 徐先生，您好几天不来喝酒了，可把我等急了。今朝伲俩对啥个课? "

"滕老板，今朝伲一勿对课，二勿作诗，伲来个猜谜，你说好勿好? "徐文长喝了一大口酒直言道。

"那好! 那好! 就请徐先生您先出题吧。"店主人滕氏道。

"哎，头一个谜还是由你先出，我来猜吧。"徐文长边喝酒边道。

"那好，伲是酒楼，先猜几个带酒字的谜语，请徐先生您听好了：'你是黄花闺女，我是读书君子。大家并座吃酒，不许脚来勾我。'"店主人滕氏边说边在徐文长身旁坐了下来。

"闺女与君子郎才女貌，那不是很好的一对嘛。"徐文长说完，端起酒杯又津津有味地吃起了老酒。

坐在一旁的店主人滕氏见徐文长迟迟不答谜底，只顾自己喝酒，便催促道："徐先生，您还呒有猜出谜底呢。"

"哈哈哈，你这老兄，我不早就说了嘛——'很好的一对'，那'好'字不就在其中了吗? "徐文长既风趣又幽默地回答道。

"哟! 徐先生真是猜谜高手，您不说我真的听勿出来，一直在等呢。"店主人滕氏道。

"你这是一个字的谜底，我现在给你出一个有四个字的谜底。你听着：'昨日东门起火，烧死内里一个。逃出一男一女，酉时烧到三更。'你说是哪四个字?"徐文长边说边看了店主人滕氏一眼,又顾自己喝起了老酒。

店主人滕氏想了好长一会儿工夫,满脸堆笑地道:"徐先生,这谜好难呀,我只猜出了后面两个字。'逃出一男一女',那是个'好'字;'酉时烧到三更',那是'酒'字。前面两个字我是实在猜勿出了,请徐先生说出谜底吧。"

"那好,恭敬不如从命。前面两句的关键是后面四个字,如'东门起火',那是一个'烂(爛)'字;又如'内里一人',这是一个'肉'字,整个谜底是'烂肉好酒'四个字。"徐文长道。

"这下,我也要给您猜四个字的。那谜是这样的:'三人同日去看花,百友原来是一家。禾火二人对面坐,夕阳桥下两个瓜。'徐先生您猜猜是哪四个字?"店主人滕氏兴致勃勃地道。

徐文长一边喝着酒,一边低头冥想,想着想着,他突然放下手上的筷子,若有所思地笑着道:"有了,那就是'春夏秋冬'四字吧?"

"是的,是的,徐先生真是好肚才。"店主人滕氏以佩服的口气道。

"好!最后给你猜一个,谜底只有一个字的,请你听好了:'一字九画六直,天下无人识得。文王去问孔子,孔子想了三日。'这是一个什么字?"徐文长问道。

"九画六直,孔子想了三日?"店主人滕氏一边口中自言自语地说着，一边用右手在左手掌上不时地比画着。突然，他高兴地喊出声来："那是晶字！那是晶字，徐先生您说对吗？"

"对！被你猜着了。你比孔子还高明，他想了三日，你很快就猜出来了。"徐文长夸奖道。

就这样，你猜来我猜去，一猜猜到中午时分。店主人滕氏风趣地邀请道："徐先生，您是青藤道士，伢是滕氏酒店，'滕'对'滕'一家人，今朝您就在伢店里吃晏饭。"

"啊！听你这么一说，伢俩还是本家呀。那好吧，就在你这里吃晏饭。"徐文长非常干脆地答应了邀请。

"这就好，请徐先生慢用，我去准备一下。"店主人滕氏边说边进入厨房去了。正当他揭开蒸笼盖准备拿菜时，发现上面蒸着的一大碗红烧肉已碗底朝天，整碗肉全都倒在了下面蒸着的一碗乌干菜上。一时间，整个酒楼上下都散发着阵阵香味，顾客们纷纷说："好香啊！好香啊！"

"哟，的确很香，倷今朝要请我吃啥个菜呀？"徐文长笑着问道。

"不瞒徐先生，这碗菜其实是两碗并一碗。原先我在蒸菜时，下面蒸的是一碗乌干菜，上面蒸的是一碗红烧肉，不知怎么的这上面的一大碗红烧肉竟全倒在了下面蒸着的一碗乌干菜上，刚才等我去揭蒸笼盖时才发现。既然大家都说香，那就请各位尝一尝，究竟口味如何？"店主人滕氏边说边用竹筷夹菜，一筷一筷地将肉和乌干菜分给顾客们品尝，剩下部分拿回自己的饭桌上，道："徐先生您快尝尝。"

徐文长毫不客气地吃了起来，边品边连声赞道："好吃！好吃！口味的确不错。"

顾客们品尝后，也个个赞不绝口。

"客官们都说这菜好吃，那以后我就专做这种菜，请诸位今后多来店里喝酒品菜。"店主人滕氏邀请道。

"滕老板，那这叫啥个菜？"顾客们问道。

"就叫'乌干菜蒸红烧肉'吧，徐先生您看呢？"店主人滕氏问徐文长。

"字可不可以再减少几个，我看还是叫它'干菜毗猪肉'为好。"徐文长提议道。

"这个菜名好，这个菜名好。"顾客们异口同声地道。

"快拿笔墨纸张来，请徐先生给伢题菜名。"店主人滕氏道。

徐文长欣然答应。只见他手握羊毫，饱蘸浓墨，嗖嗖嗖地书写了起来，不一会儿工夫，"干菜毗猪肉"五个刚劲有力的大字便一挥而就。

从此，干菜毗猪肉便成了滕氏酒楼的一道名菜，而且很快传遍了整个绍兴城。不久，干菜毗猪肉这道滕氏酒楼特有的名菜也成了绍兴百姓人家的家常菜。但不管怎样，只有滕氏酒楼的厨师制作出来的人们才认可为是正宗的、老牌的。因为该店的厨师在制作中，善于总结经验，不断提高质量。特别是在选芥菜干、挑五花肉、配制作料及掌握火候等各道工序中，严格要求，严格把关。他们制作出来的干菜毗猪肉，菜色乌黑，鲜嫩清香；肉色红润，具有黏汁；吃起来肥而不腻，带有甜味。于是滕氏酒楼的名气就这样传扬开来，而且越传越广。

久而久之，干菜毗猪肉这道由滕氏酒楼首创、徐文长题名的家常菜名闻国内外。

（原载于吴传来、黄蔡龙主编"中国历史文化名城绍兴民间故事丛书"之一《徐渭（文长）故事》，春蕾等记录整理，台海出版社，2003年4月。）

写招牌

绍兴城内大云桥直街新开了一家三元点心店，店主跟徐文长认识，就去求他写一块横匾。徐文长说："写便给你写，可是你开张以后，每天要请我白吃一顿点心。这条件你如果答应，我可以把这招牌写得特别好，包你此后生意兴隆。"店主听说可以使他生意兴隆，也就答应了，于是徐文长便给他写了一块招牌，并且嘱咐他千万不要改动笔画。

店主依着他的嘱咐，把招牌照样做好，于开张这一天钉在店门口，大家一看，原来"三元点心店"五个大字中"心"字缺了中间的一点，成了一个"心"。于是，一传十，十传百，霎时传遍了全城，大家都来看这块怪招牌，三元点心店的生意因此而十分兴隆。徐文长也天天去践约，白吃一顿点心。

这样过了两年多，店主是发了财了；可是觉得天天要给徐文长白吃一顿点心，难免有点肉痛。并且，徐文长不但自己去白吃，有时候还要拉许多朋友去白吃。这一天，徐文长又邀了两个朋友去吃点心，店主就对他说："徐先生，你白吃点心，是有约在先的。不过，按约只是你一个人可以白吃，你的朋友是不在内的。过去白吃也不必说了，以后你一个人来的时候，仍旧照例白吃；如果请客的时候，可否请你体谅小店，把客人吃的点心钱付给我们？"徐文长说："你不说，我也觉得白吃得太多了。现在你既然这样说，从今天起，我就一概付钱，连我自己也不再来白吃你了。"店主听说他肯不再白吃，自然满心欢喜；可是也不好意思收他的钱，便说："今天还请你不必付钱！先生有意，只从明天起付便了！"徐文长说："那么又叨扰了。"说完就同朋友一起笑嘻嘻地出店去了。

不料，从第二天起，徐文长不但不来白吃，连黑吃也不来了。可是，过了几天，街上的孩子们却唱起一支新的童谣来："三元点心店，点心呒一点；一点不留心，店主呒良心。"唱的人很多，店主听了很不高兴。他想，'心'缺了一点，毕竟是一个缺点，怪不得这样被人家糟蹋。于是，他就又去求徐文长给他把'心'字加上一点，并且让他再白吃一顿好点心，徐文长欣然答应，吃过了好点心以后，徐文长便给他另写了一块"心"字中间有一点的招牌。店主把新招牌做好，换去了旧招牌，以为从此可以太平无事了。

不料，生意从此却渐渐清淡下来，吃客寥寥可数；而街上的童谣却换了一个样子："三元点心店，点心有一点；良心黑漆漆，鬼也勿来吃。"这个童谣一唱，生意更不好了。店主知道这是换了招牌的缘故，于是把新招牌卸下，仍旧换上旧招牌。不过，这一下却不灵了，旧招牌虽然换上，生意依然不好。店主这才彻底醒悟，知道都是得罪了徐文长的缘故，只好老着脸皮再去恳求徐文长，请他设法恢复生意，答应他此后永远白吃点心。

徐文长见他真诚地悔过了，于是告诉他说："旧招牌已经不中用了，你仍旧去把它除下，换上那块新招牌！不过，新招牌上'心'字当中的一点，要刮去黑的，涂上红的！"店主回去后一一照办。于是大家又传开了，说是三元点心店的招牌从缺点的"心"，变成有点的"心"，又从黑点的"心"，变成红点的"心"了，都争着来看这块红"心"的怪招牌，而三元点心店的生意又恢复起来，徐文长的白吃点心权，也跟着恢复了。

（原载于林兰编《徐文长故事集》，东方文化书局，1929年8月初版，1971年重印。）

咏蚊虫

几个秀才结了一个诗社，定期集合，拈题作诗，徐文长也被邀在内。

这一天，社员都到齐了，只有徐文长左等不到，右等不来，大家有点不耐烦。于是，只好先拈定了题目，一个个都攒着眉头咿咿唔唔地作起诗来。

过了许久，还不见徐文长踪影。内中一个社员骂起来了："文长这小子，这样拆烂污，难道半路上被恶狗咬死了，还是在家里捉奸呢？如果他来了，我们非罚他多作一首诗不可。"话没说完，徐文长恰巧到了——他的话已经被徐文长全听见了。于是，大家齐声道："罚，罚，罚你多作一首诗，而且要像曹子建似的七步成章！"

徐文长说："可以。但是什么题目呢？"一个社员说："题目吗？——就是蚊虫。"徐文长便口占一首道："蚊虫嗡嗡哇，嘴巴像刀快。我道侬有多少哇（能）？搭杀做污介。"

（原载于林兰编《徐文长故事集》，东方文化书局出版，1929年初版，1971年重印。）

写对

徐文长字写得好，临近年节，同村的农户多半求他写年对。因为他很好取笑，故所写的联文都很滑稽。不过农人不识字，所以也不知觉。

正月初一，有一位秀才到各家拜年，见门上贴的对子，不禁哈哈大笑。

主人询以故，秀才说："你的年对找谁写的？未免太可笑了！我念给你听，大门上是："猪头蹄子肉，饽饽米面糕。"门当是："好屌肥年。" 二门上是：" 凤鸣天下晓，鬼叫一声欢。" 三门上是："家贫双月少，衣敝半风多。"

主人听完，以其不吉，恨之！然亦无可奈何。

（原载于林兰编《徐文长故事集》，东方文化书局出版，1929年初版，1971年重印。）

"嫁乎？不嫁？"

绍兴平水乡下有一个老头子，老太婆早已死了，生有两个儿子：小儿子二十岁，尚未娶妻。大儿子早在六年前——十七岁时成了亲，只不到一年，得病身亡。从此，他那时才十六岁的妻子便成了少年寡妇。

从前，封建社会妇女可苦哩！丈夫死了要改嫁叫"再醮"，绍兴人还叫她们是"泡过茶叶"或者"二婚头"，是很被人看不起的。而且，如果要再嫁，一定要经过衙门批准才行。因此，有很多年轻寡妇,只得守活寡到老。

不过,这个十六岁的寡妇倒是有点主见的。她不愿一世活受罪,因此托人写了许多呈子,请求官府允许她改嫁,可是县官却一直不准。这样,匆匆过了五年。

有一年春天,徐文长恰巧路过这里。这个寡妇知道他很肯帮人解除危难,便去请教他。徐文长听了,深表同情,就立即动笔为她写好一个呈子,并告诉她进城亲自去见县官。

第二天,这个寡妇按照徐文长的嘱咐来到衙门,见了县官,把徐文长写的呈子送了上去。县官翻开呈子一看,见上面写着:"十五嫁,十六寡。公鳏,叔大。花少叶,叶缺花。嫁乎?不嫁?"

县官看罢,又细细问了口供,觉得呈子写得合情合理,如果再不批准,未免说不过去。就连忙提笔批准:"嫁,嫁,嫁。"

(原载于1979年11月《西湖文艺》编辑部"西湖丛书"之七《徐文长的故事》,谢德铣、阮庆祥、寿能仁、李韩林采录编写。)

三两酒

绍兴后街有一座石桥叫"利济桥",桥脚下住着一个老头叫赵阿大,与儿子赵水土靠肩挑菜担沿街叫卖过日子。赵阿大为人诚实,买卖公平,老幼无欺,人缘好,生意兴旺。

一年夏天,利济桥西首发生大火,殃及赵家,赵阿大的房子和平日的积蓄全部化为灰烬。赵阿大悲恨交加，又愁又急，病倒在废墟上。幸亏乡亲们帮忙，搭起了临时草棚，才算有个家。人们劝他儿子赵水土去王百万家借点钱，整顿家业，重做生意。可赵水土不敢去王家，怕还不起王家的重利。此事被徐文长知道了，他同情赵家父子的遭遇，怂恿赵水土去王家，说王百万是他的朋友，决不会为难他。赵水土将信将疑地跟着徐文长向王家走去。

王百万住在利济桥东首，与县太爷是把兄弟。他势大财大，还放高利贷盘剥穷人，人们背地里叫他王剥皮。他见徐文长上门，赔着笑说："徐兄，亲临寒舍有何赐教？"徐文长指着赵水土说明了来意。王百万紧皱眉头说："不瞒徐兄，最近几天小弟手头紧，有点不方便，请多包涵。"徐文长心里明白他是怕赵家无力还债，于是把胸脯一拍说："赵家借的银子，由我徐某担保，决不会少你一厘一毫。"王百万知道徐文长的厉害，惹不起他。又见赵水土长得结实，家里正少个长工，主意打定，就说："不敢劳徐兄担保，暂借赵家十两银子，月息四两，三月后归还，如何？"赵水土摇着头说："利息太高，我借不起。"徐文长笑着说："不高，不高。你既这样说，王兄饶他一钱罢，月息为三两九，如何？"王百万虽然有点心疼，但碍于徐文长的情面，也就答应了下来。

赵水土有了银子，盖起了一间草屋，赵阿大的病也好了。父子俩起早摸黑做生意，三个月后，居然有了积余，凑足了十两银子，心中的石头才落了地。

一天，王百万上门讨债来了。赵家父子赶忙捧出本金十两银子奉还，恳求月息再缓期一个月归还。王百万不答应，硬要赵水土去他家抵债，还要他们去县太爷那里评理。人们都知道县太爷是王剥皮的把兄弟，只怕进去就出不来了！眼看赵家又要遭不幸，有人给中人徐文长报了信。

徐文长闻讯后，打了三两酒赶到赵家。他对王百万说："王兄，原先你不是已答应了的，月息是三两酒，你怎么耍起玩意儿来了？"王百万说："原先讲的是银子三两九，怎么变成了三两酒哩？"徐文长笑着说："你贵人多忘事呀！看，我给你送来了月息——三两酒。"王百万大怒，要拉徐文长上县衙去评理。徐文长冷笑着说："我正要上县衙去，告你重利盘剥，鱼肉乡里。看，这是全县秀才的联名状，就看你那把兄弟如何发落！"王百万听说是全县秀才的联名状，顿时蔫了。他知道徐文长名气大，就是县太爷也畏他三分，忙堆下笑脸，收起本金灰溜溜地走了。

（原载于吴传来、黄蔡龙主编"中国历史文化名城绍兴民间故事丛书"之一《徐渭（文长）故事》，陶宪武记录整理，台海出版社，2003年4月。）

埠船上讲故事

徐文长乘埠船去下方桥访友。乘船的人很多，大家一见徐文长，就纷纷要求他讲故事。

徐文长是个乐观、幽默的人。他笑笑说："讲故事是不难的。不过，我讲的故事，往往是有头无尾，或者太短，或者太长，不知道你们欢迎不欢迎？"

乘客们知道徐文长爱讲笑话，一起回答说："欢迎，欢迎，你快点讲吧。"

徐文长又说："还有，在我讲故事的时候，你们千万不要问，一问故事的尾巴就会断掉的。"

乘客们笑着说："好，好，好！"

于是，徐文长坐下来，慢慢地讲道："我先讲一个在树上的故事。从前，有一座高高的山，山上有一棵矮矮的树，树上有一只胖胖的鸟，有圆圆的眼，尖尖的嘴。但是，这只鸟是光光的，身上没有一根羽毛——"讲到这里，他叹了一口气停止不讲了。

有个乘客焦急地问道："徐先生，那么后来这只鸟又怎么样呢？你快讲下去吧！"

徐文长诙谐地说："你问得好。诸位想一想，这只鸟既然身上没有一根羽毛，当然也没有了尾巴。鸟儿没有尾巴，这故事又哪儿来的尾巴呢！"

大家听了，都扑哧一声笑了起来。

乘客们又提议说："徐先生，这个故事很好听，不过短了一点。

请你再讲一个长点的吧！"

徐文长说："好。不过我要关照一句，我讲的时候，请你们还是不要打断我的话头为好。"

乘客们又笑着说："对，对，对！"

徐文长慢慢地讲道："我现在再讲一个在路上的故事。从前唐朝的时候，有师徒三人从长安出发，到西天取经去。到西天去的路很远很远，师徒三人一边走一边商量。师父名叫唐僧，大徒弟叫孙行者，这就是大名鼎鼎大闹天宫的'齐天大圣'孙悟空，还有一个长得肥头大耳的，这就是好吃懒做的狗八戒。这个狗八戒呢——"

徐文长把"狗八戒"三个字重复拉长了声音大讲起来。旁边有一个人实在忍不住了，他轻轻地碰了碰徐文长的手，说："徐先生，那不是狗八戒，是猪八戒呀！"徐文长慢吞吞地说："是狗八戒。"那人坚持说："是猪八戒，的确是猪八戒呀！"徐文长这时才笑嘻嘻地说："我记得是狗八戒。你既然说是猪八戒，记得又这样清楚，大约我记不清了，就请你续下去吧！"说完，笑嘻嘻地向他双手一拱。那人一听，眼睛睁得圆圆的，说："我讲不来。"

大家见了，都捧腹大笑起来。其中有人说："老阿弟，你既然讲不来，为什么要去打断他的故事呢？可见你是讲得来的。徐先生想好计策，就是想找你这样一个替身，现在只好辛苦你了！"于是又引起一阵笑。

过后，大家再一次请求徐文长讲一个长些的故事。

徐文长说："那就再讲一个吧。我下面的一个故事是发生在桥上的。不过，这个故事很长很长的，你们可别厌烦哪！"

乘客们还是笑着说："行，行，行！"

徐文长靠在船篷上，慢吞吞地讲道："我现在再讲一个在桥上的故事，你们听着吧！汉朝末年，有个叫曹操的，他带了八十三万大兵下江南，去打刘备。一到灞陵桥，不料这桥被张飞喝断了。曹操命人搭了一座小木桥，吩咐那些兵丁，按着次序，一个一个地走过桥去。这桥只能走一人一马，那些兵丁就一个一个的笃的笃地走过去，的笃的笃，的笃的笃，的笃的笃……"

有的乘客们诧异地问："徐先生，你怎么又不讲了？"

可徐文长仍旧"的笃的笃"地唠叨着。

这下，众乘客确实有点耐不住了，便一起道："你往下讲呀，怎么老是'的笃的笃'的呢？"

徐文长说："是要这样。诸位一想就懂，八十三万大兵要一个一个过灞陵桥。过完桥，才能往下讲哇！——的笃的笃，的笃的笃，的笃的笃……"

乘客们个个都忍不住笑出声来。

"的笃的笃……呼！呼！"徐文长似乎睡着了。过一会，船到了目的地，乘客们把徐文长喊醒了。徐文长笑着说："哎呀，船到得这么快,这故事讲不完了。曹操的八十三万大兵,现在还只过去一点点哩!"

(原载于1979年11月《西湖文艺》编辑部"西湖丛书"之七《徐文长的故事》,谢德铣、阮庆祥、寿能仁、李韩林编采录编写。)

化千成万宝中宝

徐文长已经年老,得了一身重病,自己知道活不久了,于是,他就把亲友们请来,说道:"我快要归天了。我生前没有私蓄,只有一点小小的遗产,打算送给你们。"

亲友们都知道,徐文长骨头很硬,生平两袖清风,哪来什么遗产呢?不过他既然说有点小小的遗产,总也不会虚说。于是,大家都静静地站在一旁,听他立下遗嘱。

徐文长告诉亲友们,他床底下有两只箱子,一只箱子里装的是纪念品,另一只箱子装的是"宝中宝"。各人可选择一项,并以签名为凭。

多数亲友都巴望得到财富,就在"宝中宝"的纸单上签了名;只有少数几个徐文长的知交,知道纪念品一定是字画,便在"纪念品"的纸单上签了名。

遗嘱立好了,徐文长提出了一个条件,这两箱遗产要等他死后过七七四十九天才能打开,大家都点头表示同意。于是,徐文长把两只箱子的钥匙交给了他最要好的朋友，箱子仍然放在自己的床下。

不久，徐文长与世长辞了。

徐文长死后，亲友们凑了点钱，把他葬在山阴木栅山。过了七七四十九天，大家才聚集起来，准备打开那两只箱子。按照徐文长的遗愿，先开那只放纪念品的箱子。箱子打开，里面果然是徐文长的字画、文章和诗稿。徐文长的知心朋友们分了字画，都心满意足地回家去了。

接着，打开了另一只箱子，见里面是一厚纸包。这时大家都屏住气，默不作声，心想：不知"宝中宝"究竟是什么东西？

纸包打开了，里面露出来的不是别的，竟是一吊吊特别饱满的稻头。这时，大家几乎都不相信自己的眼睛。天哪，这算什么"宝中宝"呀？于是一个个目瞪口呆，面面相觑。

等到大家发怔过后，才看到在厚纸里面有徐文长亲笔写的"化千成万宝中宝"七个大字。

于是，有的连连摇头，有的后悔还不如得几张字画，但其中有一个人却有所悟，他小心地收起了这包特别饱满的谷种。

后来，那人拿这谷种试着去下秧，稻子果然长得特别好，于是他年年挑选最饱满的稻头做谷种，年年得到丰收。

每年秋收选谷种时，有人来看他，他总是拈起沉甸甸的稻头，笑着说："化千成万宝中宝！"——就这样，你看样，他看样，挑选谷种就成为农家一种传统的增产方法。

据说，人们为了纪念徐文长，后来还专门建起祠堂作为挑选谷种的场地，叫"土谷祠"。

（原载于1979年11月《西湖文艺》编辑部"西湖丛书"之七《徐文长的故事》，谢德铣、阮庆祥、寿能仁、李韩林采录编写。）

寿堂斗智

明朝年间，绍兴秦望山下住着一对孤苦老人，以打猎为生。

有一年，一连下了十八场大雪，老猎户无法上山打猎，只得把一张虎皮拿去卖掉。

老猎户路过太师府时，叫卖声惊动了一名差役。差役早知窦太师正想买一张虎皮，于是就把老人叫进了厅堂。窦太师看看这张上等虎皮，又有点舍勿得花费银子，就笑眯眯地道："这张虎皮我要了。你要答得出我提出的问题，铜钿照付，价格加倍；若答勿出就得没收充公了。"

老猎户惊得说勿出话来。

窦太师又说："城里大江桥周围住着四户人家，一户有姓有名，一户有姓无名，一户有名无姓，一户无姓无名。你说说看，是哪四户人家？"

老猎户只懂在山里打猎，哪里会知晓城内大江桥周围的四户人家，只好立着发呆。

窦太师又道："给你三日工夫去想去，想好了再来找我。"

老猎户上前跟窦太师评理，被差役一把拉住推出府门，跌得满脸鼻血。

这时光，徐文长刚巧路过这里。他将老猎户扶到自己家中，请他吃了一餐晏饭。饭后，徐文长又教了老猎户对付窦太师的办法。

第二天，老猎户就去太师府，对窦太师道："太师说的那四户人家是：有姓有名，陶二丰拆字；有姓无名，夏家拣日脚；有名无姓，望江楼馒头阿德；无姓无名，老岳庙道士。"

"哟！"想勿到山里佬也能答出这四句话来。窦太师心想：一个铜钿勿付是说勿过去了，全付又不甘心，便借口道："那张虎皮的皮质勿好，价钱要减。"只叫差役给老猎户一串小铜钿。

老猎户熬不牢问道："怎么才给这几个钱？"

窦太师道："老夫要做七十大寿，你送一副好对联来。到那时，我把铜钿全算给你。"

无奈，老猎户只好再去找徐文长先生帮忙，徐文长满口答应。

老猎户拿了徐文长的对联，又去找窦太师。窦太师打开对联一看，只见左联上写着个"乌"字，右联上写着个"龟"字，顿时气得暴跳如雷，骂道："大胆刁民，竟敢侮辱老夫。来人哪！快给我捆起来打四十大板，关入牢房。"

正在这时，等在门外的徐文长闯进太师府来，对窦太师道："老猎户的对联是我写的，看来有些误会了。早上我刚开好上下联的头，忽然来了朋友。我搁下笔去街上买酒，老猎户认为我已写好，就送来了。"

窦太师只好叫徐文长再续写。

徐文长在两张对联上各添了三个字。上联成了"乌须常存"，下联变成"龟寿绵延"。在场的人看了齐声称赞，窦太师也无话可说了。

徐文长又问道："外面有人说太师把猎户的虎皮收下来，但勿付钱，反把他关入牢房。这件事倘若传扬出去，未免有损太师的名声。"

窦太师冷笑道："徐先生要帮老猎户出头？也好，我俩对课定输赢。"

徐文长道："好!"

窦太师道："脚踢磊桥三块石。"

徐文长答："手托出字二重山。"

窦太师又接着道："鳖进獭出獭进鳖出洞里讲理和。"

徐文长道："燕来雁去雁来燕去途中分春秋。"

窦太师一看难勿住徐文长，又出了一个植物课。

窦太师道："稻草捆秧娘抱子。"

徐文长道："竹篮盛笋爷领孙。"

窦太师脑子一转，又出了一个绍兴地名课，道："北海鲤鱼谢公吊(钓)。"

徐文长道："南山狮子抱龙夷(骑)。"

窦太师接着出了一个水产课，道："鳝长鳅短鲶阔嘴。"

徐文长道："龟圆甲扁蟹无头。"

窦太师眼看要败下阵来，绞尽脑汁地出了一个绝课："屋北鹿独宿。"

徐文长道："溪西鸡齐啼。"

窦太师已经肚里货尽。脸上一阵红一阵青，话头一转道："老夫晓得徐先生才广学深，今日有意与先生逢场作戏，以娱众宾。"转而又道："山村猎户之事不劳先生费心，老夫原本就是跟他寻寻开心的。"说着唤手下人叫来老猎户，如数付了虎皮的铜钿。

（原载于吴传来、黄蔡龙主编"中国历史文化名城绍兴民间故事丛书"之一《徐渭（文长）故事》，台海出版社，2003年4月。）

山阴勿管，会稽勿收

绍兴有句古语，叫做"山阴勿管，会稽勿收"。它的意思是当事者双方互相推诿，不负责任。

绍兴原先分为山阴、会稽两县。这两个县紧紧相连，中间只隔一条分界河，叫做"官河"。分界河上横架着几座小桥，其中有一座叫"利济桥"，附近比较热闹，一直是两县百姓来往的交通要道。

有一年夏天，利济桥上忽然发现了一具无名尸体，百姓告到官府，要求验尸埋葬。谁知两县知县却推来推去，互不负责，都说利济桥不是他们县的治下。几天过去了，两县县衙还是迟迟不派人来验看尸首。这事不仅有碍交通，而且颇伤风化。人们个个怨声载道，敢怒而不敢言。

这件事很快传到了徐文长的耳朵里。他见两县知县如此不负责任，激于义愤，马上用大幅红纸写了出卖分界河的招贴，张贴在利济桥畔。

这张奇怪的招贴一张贴出来，顿时轰动了山阴、会稽两县。有几个朋友看了，不禁为徐文长暗暗捏了把冷汗，关切地对他说："徐兄，你好大的胆！这事恐有风险呢。"有的人知道徐文长素有才智，决不会贸然去卖这分界河，其中定有道理。但多数人摸不着头脑，只是满城风雨地议论着，等待看热闹。

消息很快传到两县知县的耳朵里。他们想：谁敢出卖官河？于是都好奇地来到了利济桥，仔细读了招贴，不禁勃然大怒，当即喝令拿徐文长来问罪。

这时，利济桥旁看热闹的人越来越多。徐文长不慌不忙地从人群中走了出来，说："不劳两位大人费心，生员早已在此等候多时了。"那两个知县不约而同地责问道："徐某，你身为秀才，理该知书识礼。为什么不好好攻读诗文，却在这里出卖官家的分界河，该当何罪？"

徐文长理直气壮地回答道："两位大人容禀。徐某见利济桥上暴尸多日，尸体发臭，虽然百姓早已告知官府，无奈至今山阴勿管，会稽勿收。我想既然此桥不属山阴、会稽两县大人管辖，那么桥下江河理所当然也不属官府，不能称为"官河"。今日代为卖河，非为私利，为的是替死者筹措一点丧葬之费，收葬无名尸首。此乃地方公益，徐某何罪之有？"

两个知县听他说得不卑不亢，句句是理，一时无言以对；但又不肯认输，眼睛一横，正待发作，却见四周百姓哄闹起来，都为徐文长抱不平。这两个知县怕事情闹大，就乘机推托道："本县忙于公务，一时来迟，多劳徐先生费心了……"于是红着脸喝令河旁地保赶快收殓，草草埋葬了事。

利济桥无名尸首收葬的事已经过去了几百年，但徐文长为百姓办的好事一直为后人所传诵，"山阴勿管，会稽勿收"的民谚也一直流传到今天。

（原载于吴传来、黄蔡龙主编"中国历史文化名城绍兴民间故事丛书"之一《徐渭（文长）故事》，春蕾等记录整理，台海出版社，2003年4月。）

绝倭涂用兵

明朝嘉靖年间，有一次倭寇窜扰绍兴。

这天傍晚，在西跨湖桥村子里，有一个叫姚长子的农民正在田间打稻，突然见到有三四个强人冲进村来，到处抓人抢物。他想一定是倭寇，就回村拿来稻叉和倭寇搏斗。那三四个倭寇打不过姚长子，正准备逃跑，不料大队倭寇随后赶到，把姚长子包围起来。

倭寇抓住了姚长子，用藤筋穿过姚长子的手掌，要他指引往舟山的去路。原来这批倭寇登陆久了，想下海回舟山去。可姚长子却把"舟山"错听成"州山"了。他想：坏了！现在天色正晚，这批强盗要是到了州山，黑灯瞎火的，村里百姓不是全要遭殃吗？他决定把倭寇引向相反的方向，朝一条烂泥田塍走去。

到了柯山下，忽然隐约听见岩壁下有窸窸窣窣的声音。原来是几个砍柴的同村人正躲在草丛中。姚长子装作自言自语的样子，用土话告诉乡亲们说："我已被倭寇抓牢，你们赶快告诉村里百姓，再告知城里官兵。待我带他们走过桥，你们就拆去塘路南北二桥，把倭寇困在化人滩上。"村民们听了，立即抄小路跑了。

姚长子带着倭寇下山又绕了几个弯，往北到了一个大圆涂上，这个大圆涂就是化人滩。化人滩两边平地上都长着野草，四面是又阔又深的大河。化人滩从南到北约有三里多路，南北两头都有高高的石桥筑在那儿，南首通到州山，北首通到柯桥。倘若把南北两桥切断，化人滩就会成为一条狭长的孤岛，被围在水中央了。

姚长子把倭寇领进化人滩后不久，南北两桥当即都被人拆断。

倭寇进不能进，退不能退，知道中了计，就把姚长子吊起来毒打。姚长子宁死不屈，最后被倭寇杀害了。

当天夜里，绍兴总兵俞大猷闻报后，亲自带了水军前来围剿倭寇。但是倭寇十分狡猾，待官军一到，便突然从草丛中跳出来厮杀；当官军离岸后，又轰轰轰地马上放炮。明朝官军没有防备，竟一下子被他们击沉了好几艘战船。俞大猷见损失惨重，只好连连下令后退。

俞大猷回到绍兴城里，正独自纳闷，思忖着破敌之计，忽然有人报告杭州都督府胡宗宪的幕僚、山阴秀才徐文长求见。俞大猷知道徐文长很有才智，沿海几次抗倭大仗，他都出过计谋，当即传令把徐文长请来。

徐文长到府以后，俞大猷即让他在正中坐定，置酒谈心，并把化人滩失利的事告诉了他。徐文长听了，连忙劝慰说："目前战局对我有利，总兵何必如此担忧？"俞大猷说："战局虽然有利，但不能拖延。我担心万一别地倭寇得知，前来援救，就更为棘手。看来还应调集兵力，予以速决。"

徐文长点点头说："总兵所言极是。不过以徐某之见，恐怕不宜操之过急。目前倭寇虽处绝境，殊不知'兵置死地而后生'，他们必欲拼死求生，因此强攻不得。此次失利，可引以为训。常言道：'知彼知己，百战不殆。'现在如果总兵能避敌之长，攻敌之短，顺倭寇求生之切，投之以饵，然后发挥吾绍兵民熟悉水性之特长，则大事可成矣！"

俞大猷见徐文长熟谙兵法，见解深切，笑着连连点头，当晚他们便定下破敌之计。

一天很快过去了。化人滩上的倭寇受饥挨饿，日子越发难过。这天黄昏，他们发现有三艘空船从东面漂来，个个喜形于色，惊叫道："老天帮忙，老天帮忙！"等船漂到岸边，倭寇争先恐后跳下船去，扳起船桨开船。不久，三艘满载倭寇的大船就到了州山附近宽阔的水面上了。倭寇们盘算着这样朝东面驶去，不出两天，就可出海回舟山了。

可是，正当他们的船来到鉴湖水面最宽阔的地方时，突然，两岸杀声四起，鼓声震天。接着，一只只载着官兵的小船四散地开出河湾，包抄过来，却不接近。倭寇要想放炮，但目标太散；要想厮杀，又无从杀起。只得拼命扳桨，向东逃去。可是那些小船紧紧跟随着，对他们依然围而不攻。倭寇船大人多吃水深，无论如何赶不过官兵的小船，心里正慌，突然，见船底冒出水来。一歇工夫就漏进了小半船。——原来当地渔民的潜水好手早等在这里。他们只等倭寇的三艘船一到，便从水下潜过去，把原先设置在船底的几个大木塞统统给拔掉了。倭寇还没有弄清是怎么一回事，船就沉下去了。这样，官兵的小船迅速开近，不花多少力气，就一下子把几百个倭寇消灭得干干净净。

为了纪念英勇牺牲的农民姚长子,后人特地在化人滩上建造了纪念碑和纪念祠,并把化人滩改名为"绝倭涂"。

在绝倭涂上消灭倭寇的战斗中,徐文长立了大功。

(原载于1979年11月《西湖文艺》编辑部"西湖丛书"之七《徐文长的故事》,谢德铣、阮庆祥、寿能仁、李韩林采录编写。)

卸御赐金牌

明朝窦太师,三考出身,大名鼎鼎。有一次,皇帝问他:"卿识字几何?"窦太师回答:"字如牛毛,臣识一腿。"皇帝想:"论牛毛,腿上最多最密。这样看来,他识字之多就可想而知了。"当场试了些难字,果然个个认得。皇帝大喜,特地赐给他一块"天下无书不读"的金牌。

窦太师到绍兴后,每次逛街过市,总是把这块御赐金牌挂在轿前,鸣锣喝道,耀武扬威,自以为文章压倒天下,目空一切。

这天,正是炎热盛暑,徐文长听得窦太师又要到学宫去,心想:什么御赐金牌,老是抬出来吓人,今天非把它卸落来不可! 主意既定,就赤身露胸,睡在东郭门外内的官道当中。

"噹噹……"鸣锣喝道的声音渐渐近了。头牌执事看到有人睡在官道当中,就禀告老太师说:"有个小伙子挡官拦道!"窦太师听得有拦道的，就吩咐停住轿，自己出来看看。只见那拦道的睡得正熟，窦太师就连忙把他叫醒。

徐文长故作恭敬地站在一旁，等候发落。窦太师开口问道："你睡在热石板上做什么，难道不怕皮肤晒焦么？"徐文长回答说："我不做什么，只是晒晒肚皮里的万卷藏书。"

窦太师听他好大口气，就对他说："既然你喜欢读书，读书又多，一定会对课。我此刻有个课要你对，如对不出，你就速速让道回避。"

徐文长反问道："如果对出了又将如何？"

窦太师想：黄口小儿，乳臭未干，谅他有多大学问？就随口说："如果对得出，我把全副执事停在这里，老夫步行进学宫！"

于是，就开始对课了。

窦太师想起绍兴有三个阁老台门，便随口占道："南街三学士。"

徐文长不假思索地立即回对："东郭两军门。"

窦太师一听，觉得"南街"对"东郭"，"学士"对"军门"，对得多工整！而且这五个台门都是绍兴城内有名的大台门，不觉暗暗佩服。可是嘴里却说："光是一个课，还不能试出真才实学，须得再对一个。"

徐文长若无其事地回答说："太师只管吩咐，不要说一个，就是十个百个，学生也一概从命。"

　　于是窦太师又想了一个连环课来难徐文长，他道："大善塔，塔顶尖，尖如笔，笔写五湖四海。"

　　徐文长略一思索，即对道："小江桥，桥身圆，圆似镜，镜照山会两县。"

　　窦太师听了，"大善塔"对"小江桥"它们都是绍兴城的南朝古物，小江桥恰恰造在两县的分界河旁，桥洞的两面正对着山阴、会稽两县。这个课不但连接得巧妙，而且对得十分妥帖，不由得点头称赞："好奇才！"

　　这时，徐文长故意问窦太师："你那块金牌上的六个大金字作何解释？"窦太师听得问起金牌，马上得意地说："皇上晓得我读遍天下书，才特地赐我这块'天下无书不读'的金牌！"徐文长接着又问："那么，太师爷，你'时宪书'总该熟读吧？"窦太师被问得目瞪口呆，暗想：不要说熟读，就是连书名也没有听到过哩！

　　徐文长见时机已到，便把早已准备好的《万年历》拿出来递给窦太师说："太师没读过，学生倒会背。"接着，就喃喃地径自背诵起来，背得既流利又纯熟。

　　那窦太师果然也聪颖，真是过目不忘。等徐文长背好，他已经记住，立刻也背了出来。但徐文长说："太师能背，极好，不过这只是顺背，学生还能倒背呢！"说罢，就把《万年历》从尾到头倒背了起来。

　　窦太师对着书，听徐文长倒背完毕，自己却背不出，只好呆呆地站在一旁。过一会儿，徐文长问道："太师既然有书未读，背书不熟，那么这块金牌将如何发落？"

窦太师尴尬万分，当着众人只好践约，说声："卸了吧！"立即举步朝学宫走去。

从此，窦太师进出府门，虽仍耀武扬威，鸣锣喝道，却再也看不到那块"天下无书不读"的御赐金牌了。

（原载于1979年11月《西湖文艺》编辑部"西湖丛书"之七《徐文长的故事》，谢德铣、阮庆祥、寿能仁、李韩林采录编写。）

凉亭比梦

徐文长晚年虽然十分穷困，但诙谐幽默的性格不变。

有一年夏天，正当青黄不接时，徐文长穷得连锅也揭不开了，只得到乡下去借点粮食。他走到皋埠附近一座凉亭里，准备坐下来休息一下。忽然，他看见凉亭石凳上坐着一个肥头大耳的商人，正在打瞌睡。

徐文长进凉亭后，见这胖子身边放着一把凉伞、两包糕点、一瓶酒，还有十来颗熟透了的鲜桃。食物的香味使徐文长更加饥饿起来。原来他一早出门，连早饭也没吃哩！他与这胖子寒暄几句，便在同一条石凳上坐了下来。那胖子见徐文长一副穷相，便皱皱眉说："咳！我闭着眼正在做梦哩！真晦气，碰上了你，被你吵醒了！这大热的天，你这样不是'干菜毗猪肉'么？"徐文长一听，心里骂道：

"真是个势利鬼！"但他不动声色地说："今日与君邂逅，真是难得！人家说'路上做好梦，一世吃勿穷'，但不知尊家刚才做的是好梦还是坏梦？"那胖子傲慢地说："当然是好梦！我们有钱人从来就做好梦，不比那些穷鬼，老是夜里做噩梦的。"徐文长反驳道："那也不见得！有时穷人的梦比有钱人的梦却要好过几倍哩！"那胖子冷笑一声，摇摇头说："哪会有这种事？我不相信！"徐文长笑笑说："你不信，你敢当场和我比比谁的梦好吗？"

那胖子一听要比梦，忍不住笑出声来，随口道："比梦——这怎样比呢？"徐文长说："比梦也和比别的事情一样，无非是'输赢'二字。赢的有得，输的有失。"

那胖子想了一想，说："我看这样好了：如果我输了，我这点礼品给你；要是你输呢，你就一路给我撑伞打扇，一直送我到前村去。"

两人就这样说好，比起梦来。徐文长合上眼皮。那胖子怕好梦让人占了先，也赶快眯起眼睛。夏天日长，这个酒醉饭饱、身闲体胖的商人，在微风习习的凉亭里，果真一会儿进入梦乡了。

徐文长这时饥肠辘辘，见胖商人已经呼呼入睡，便把那些糕点、酒和桃子全吃了下去，感到一阵舒服，也靠在柱子旁坦然睡去。

等一会，那胖子醒过来，连忙把徐文长推醒。徐文长故意争着要先说自己做的好梦，那胖子无论如何不肯，于是徐文长让他先说。

那胖子得意洋洋地说："我这梦才叫好梦。我刚才一睡去，就见有一乘八人抬的大轿来接我。轿夫把我抬到一座金碧辉煌的皇宫里，便有一班峨冠博带的大臣出来迎接，说：'皇上请你赴宴。'我连忙上殿谢驾。皇上亲手搀扶我走进迎宾殿，设宴请我。席上，四时果品，南北糕点，天下名酒，海内佳肴，应有尽有。后来，连龙肝、凤胆、猿脑、麟心也摆了上来。还有，皇后为我劝饮，公主为我把盏，宫娥彩女为我打扇……老弟，你看，人世间还有比我这个梦更好的吗？你大概总没有做成什么好梦吧？"

徐文长笑着说："你不要小看我！你不知道，我的梦呀，就比你的梦实惠得多，使我称心如意。说起来还要谢谢你哩！"

那胖子一听做梦还要谢谢他，觉得很奇怪，便睁开眼睛看着他。于是徐文长不紧不慢地说起梦来。他说："我这梦呀，有虚又有实，才可算真正的好梦！我刚才睡去，就见一个养马的牵着一匹千里马前来接我。那马腾云驾雾，一下子把我驮到一座金碧辉煌的皇宫里。这时，只见一班峨冠博带的大臣，走下大理石台阶来迎接一位客人。我见那客人刚从一顶八抬大轿上走下来，那班大臣就说："皇上有请，我仔细一看，那客人不是别人，却是你！"

那胖子一听，高兴起来："哈，你看见我了？"

徐文长说："是啊！我就这样一直跟在你的身边。接着是皇上设宴，皇后、公主作陪。宴会上的东西都像你说的一模一样，应有尽有，看得人眼花缭乱。于是我扯扯你的衣角说：'你如今身在皇宫，可不要忘了那凉亭里还放着两包糕点、一瓶酒和几颗桃子呢！'你打开我的手说：'这里有享不尽的荣华富贵，我还要这些乡下土产做什么？你都拿去吃了吧！'于是，我就赶忙出来乘上那匹千里马，又腾云驾雾回到了这凉亭，不负你的美意，把这些东西统统吃下去了。"

那胖子听到这里，"啊"的一声，如大梦初醒，立即去寻找自己那些东西。只见凉亭里只剩下了一只空酒瓶和几颗桃核了！他着急起来，说："什么？你真的吃了？那是梦呀。"

徐文长笑笑说："对呀，同样是梦，这里面就分出好坏来了。你的梦一醒来没有所得，反有所失；我的梦一醒来没有所失，却有所得。现在你说到底谁的梦好？"

那胖子无话可答。因为有言在先，无法后悔，只好抓抓头皮叹口长气说："唉！我今天真碰着十八年的老晦气了！"说完，站起身子，自己张着阳伞，夹起扇子，拖着沉重的脚步离开了凉亭。

（原载于1979年11月《西湖文艺》编辑部"西湖丛书"之七《徐文长的故事》，谢德铣、阮庆祥、寿能仁、李韩林采录编写。）

都来看

会稽街头有个瞎子，造谣惑众、敲诈勒索，做尽坏事，附近百姓恨在心里，可也无奈，毕竟他是个残疾人。有一人出主意说："请徐文长先生来教训一下他。先生为人正直，爱打抱不平。"又有人在旁边插话道："这个瞎子也的确太过分了，警告无效，是要想个办法治治他，要他吸取教训。"于是众人便请来了徐文长先生。徐文长找到瞎子，对他说："天气介热，侬想勿想到河里去溰（洗）浴。"瞎子说："浴是蛮想去洗，可我是个瞎子，连走路都要靠棒头，捺咯敢到河里去洗呢。"徐文长说："勿要紧咯，反正我与你一起洗。侬把棒头一头拉牢，一头给我，伢找一条又浅又小的河去洗，保你安全。"就这样，瞎子跟徐文长来到了河边。瞎子脱下衣服放在岸边，便与徐文长先生一起下了水。瞎子在河里洗得好爽。徐文长看他洗得兴致正浓时，便将他的衣服移放在另一处，说："我想游一下泳，如果你不放心就叫我几声，我的名字叫'都来看'。"瞎子说："知道了。"徐文长又补充说："记住啊，我叫'都来看'。"说罢，徐文长便悄悄地上了岸。不久，瞎子洗好浴却听不到先生的声音，一时上不了岸，心里着急起来，便大声地呼叫道："都来看！都来看！……"路过的人朝着他的呼叫声围拢过去，只见一个赤裸裸的瞎子在摸衣服，众人站在一旁大笑。人们把衣服递给瞎子穿上，并严厉警告瞎子道："侬以后做人可要规矩些，不要欺人太甚。看在侬是个残疾人的分上，伢噶次就放过了你。"经过这次深刻的教训，瞎子决定改邪归正，做一个正派的人。

（原载于李永鑫主编《越地奇才徐渭》（上、下册），西泠印社出版社，2011年5月。）

　　以上遴选出的单篇故事，其内容涵盖了徐文长故事所涉及的几个主要方面，颇为精彩。我们从中不难体会徐文长故事的艺术魅力和能够永续传承的内中奥秘。但选篇毕竟数量有限，更多、更大量的流传在绍兴民众口头的徐文长故事，林林总总，五花八门，何止成千上万。对传承者而言，继续搜集、整理、研究、保护这一珍贵的非物质文化遗产，任重而道远。

[贰]徐文长故事传承人

　　徐文长故事从现在尚可查索的资料看，绝大多数为历代绍兴民间艺人、文人、善讲之人，融会了绍兴民众的集体智慧和创造才能，通过传讲和演绎，表达广大民众对徐文长的爱戴和赞颂。绍兴民间传讲者怀着对徐文长敬慕、钦佩的心情，细细揣摩主人公的言行举止，凭借其对徐文长性格特征、轶闻趣事的理解，从不同角度、不同年龄段、不同时间和地点，拓展丰富的想象空间，巧妙安排，全方位地展现主人公的性格与才情，再加上民间无名氏作者对绍兴风土人情的洞悉，把故事主人公的活动安排在如诗如画的江南水乡——古城绍兴，使徐文长故事具有浓郁的地方文化特色。随着故事的广泛流传，主人公徐文长也成为绍兴民间百姓心目中机智人物类的典型代表和智慧的化身。

　　从20世纪20、30年代到新中国成立后的徐文长故事讲述者的情

徐文长故事代表性传承人吴传来讲故事

况来看，传讲人居住地点从城市到乡村均有，文化程度一般都不高，早期甚至多为文盲。这充分说明，徐文长故事深深扎根于绍兴民间，在社会中广为传播。而20世纪30年代发表在《民间》杂志上的故事，大多为乡村教师或文人整理的。到了20世纪70年代前，传讲人多为男性，此后，也有少数女性加入到传讲人的行列中。

2008年开展的非物质文化遗产普查，是全市文化行政部门和相关业务单位对徐文长故事所作的一次补充性发掘。据普查统计，当时比较擅长讲述徐文长故事的人数众多，所从事职业、文化程度、年龄、表达能力各不相同。但是，如果从传承脉络进行分析，民间故事一般没有所谓的"家庭（族）传承"、"师徒传承"，基本属"闻传"，即听别人讲述后自己细加揣摩后，再传讲一些故事。因此，也就没有确切的传承脉络可寻。

从目前已经采集到的故事文本记录稿和出版物中了解到，新中国成立以来，绍兴城乡传讲徐文长故事的口述者人才济济，其中有退休工人、社区居民、农民、行政干部、教师、中小学生等，他们文化程度、人生阅历和思想水平各有不同，在表述、演绎徐文长故事的能力方面风格迥异，各有千秋。尤以吴传来和寿能仁的事迹较为突出。2009年8月，经绍兴市文化行政部门推荐申报，同年9月，吴传来、寿能仁被批准为浙江省非物质文化遗产徐文长故事的代表性传承人。

现将两位省级代表性传承人的基本情况介绍如下：

吴传来，男，1944年出生，初中文化，绍兴人。现为中国民间文艺家协会和中国文化管理学会会员、浙江省民间文艺家协会常务理事、绍兴市民间文学会主席，曾任绍兴市群艺馆馆长、书记，为浙江省劳动模范。从孩提时代起，吴传来就从爷爷、奶奶、外公、外婆、父母亲以及邻居长辈那里听到许多徐文长故事，会讲徐文长故事数十篇。擅长讲《汤太守结识徐文长》、《山阴勿管、会稽勿收》、《徐文长作蚊虫诗》、《徐文长拉渡船》、《拔毛过酒仙赠藤》、《徐文长名字的由来》等故事。之后，因为长期从事民间文学的搜集、整理工作，又加上对徐文长故事情有独钟，多年来，搜集、记录、整理并出版了一部分徐文长故事的书籍，计有：

1989年7月，与人合作，创作了滑稽戏、绍兴莲花落《徐文长引笑》，由浙江音像出版社出版发行。

2006年9月，主编"中国历史文化名城绍兴民间故事丛书"（一套共十册），其中有《徐渭（文长）故事》、《绍兴名人故事》、《绍兴书画家故事》、《鲁镇旧闻——绍兴师爷轶事录》、《越中传说》等。该套丛书被评为2002—2005年浙江省民间文艺"映山红奖"民间文学二等奖，还被绍兴市越城区相关文化、教育行政部门联合推荐为中小学百部优秀读物之一。

2011年5月，由绍兴市民间文艺家协会负责搜集整理，李永鑫主编、吴传来副主编的"庆祝绍兴建城两千五百年纪念丛书"之一《越地奇才徐渭》（上、下册）由西泠印社出版社出版，共收录了一百九十三篇徐文长故事。

寿能仁，男，1933年出生，高中文化，绍兴人。1993年12月从绍兴市人大常委会退休。曾任中国楹联学会、浙江省民间文艺家协会首批会员，浙江省诗词与楹联学会会员，绍兴市地名办专家组成员。20世纪80、90年代，曾参与浙江省民间采风、研究等活动。自幼就

徐文长故事代表性传承人寿能仁讲故事

从父辈处听过许多流传于绍兴的徐文长故事,是听着民间故事长大的。擅长讲《南镇留墨》、《游湖题咏》、《田水月画群猫》、《二圣祠题联》等数十篇徐文长故事。1962年起,据浙江省文联的要求,着手搜集、整理徐文长故事八十余篇,并联合有关民间文学工作者出版了《徐文长故事》共四十六篇。平时,利用茶话会、联欢会及在社区和农村传讲徐文长故事,并积极地为电视剧、曲艺创作提供素材。近年来,主要参与绍兴市有关部门组织的地方文化建设方面的咨询活动,如越文化研究、古绍兴名考、绍兴民俗风情等。

　　除以上两位代表性传承人外,民间尚有很多徐文长故事的善讲者。限于篇幅,这里不再罗列。

徐文长故事的价值

徐文长故事具备了民间文学应有的民俗依存性、故事原生性、传承方式的口头性和内容的变异性等一切特征。在新的历史条件下，徐文长故事必将继续开创传承、创新之路，得到更加有效的保护和开发利用。

徐文长故事的价值

[壹]专家学者论徐文长故事

一、［美］洪长泰著《到民间去：1918—1937年的中国知识分子与民间文学运动》，董晓萍译，上海文艺出版社，1993年。

徐文长的命运多舛和卓特不群的个性，使他成为民间传说所乐于塑造的形象。他被看做中国传说中的"畸人"。这样一来，民间传说中的徐文长和历史事实中的徐文长就出现了距离。

赵景深把林兰的传说编著中的徐文长故事分成四类：恶作剧型、幽默机智型、报复型和打抱不平型以及取笑别人反被捉弄、自己失败型。

……

半个世纪以来，徐文长的传说一直为人们所热爱。几乎每个省份都有自己的徐文长。各地区的人们按照本地的风土人情和自己的想象不断塑造这个人物，徐文长几乎成了中国此类传说故事的总称。这一类传说的大同小异，也使我们有理由认为，它们是由某些基本情节敷衍、发展的结果。也就是说，传说的情节大致相同，不过是主人公名称经常变换罢了。例如，徐文长传说中的《罚送石磨》的情节，在杨柳石、邬弦中和李文古的传说中也有。还有一个出名的徐文长传说《都来看》，这个故事在陈梦吉的传说中几乎没有任何情节变动。

赵景深在林兰的故事集中发现了这种同型传说的变异现象，指出，这种记录不同异式的方法是完全正确而且十分必要的。研究者借此可以判断这种类型的传说的流布范围和它的被接受的程度。

那么，民间传说有多大的历史真实性？民间文学家们大都认为，传说和历史是两回事。按照传说去沿坡讨源，恢复历史真实面貌，是不可能的。仅就徐文长的上述一系列传说而言，就有大量情节是纯属虚构的。至于传说中有贴近史实的地方，如他被称为"幕友"，基本符合他供职于胡宗宪帐下的那一段经历；他的家乡绍兴和其故居、村坊的名字也都出现在传说中，这都是传说讲述人的添加成分，目的是增强传说内容的可信性。

……

传说形成后，依然处在自生自长、滋蔓衍化的状态中，而绝非停滞于静态，一成不变。民间文学家们普遍意识到这种传说的特性。周作人把它归纳为"箭垛"性质。

……

赵景深认为，就徐文长来讲，因为他毕竟是一位文人学士，因而凡他的故事都有"聪明"的说法。这就与中国民间传说中的另一种同样受欢迎的类型——"傻女婿"故事恰成反照。两种类型化性格，一为机智灵活，一为憨愚可笑。然而，钟敬文的看法是，也有相反的情况发生。即有些故事中的徐文长并非事事聪明，就像傻女婿也并非永远都傻一样。民间认为愚者偶有一智，恰如智者偶有一愚。如果聪明的徐文长也能干傻事，那么满腹经纶的文人学者也会恶作剧，这是顺理成章的事。而民间传说里最有魅力的主人公，往往就是这种两极对立性格的组合者。中国历代社会对徐文长一类的恶作剧母题，是从来没有禁止过的。

二、顾颉刚著《孟姜女故事研究集》第一册"自序"，上海古籍出版社，1928年。

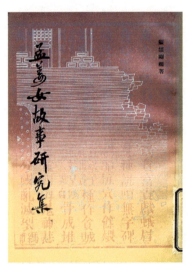

《孟姜女故事研究集》封面书影

这种民众的东西，一向为士大夫阶级所厌恶，所以，不去寻时，是"无踪无影"的；但又因立国之久，地方之大，风俗之殊异，所以着手搜求时便会"无穷无尽"。无论什么人，只要有方法去做，便可得到很好的收获。初施耕种的土地，地力正厚咧……若去收集起来，真不知有多少的新发现。即如尖酸刻薄的故事，自从《徐文长的故事》一书出版以来，大家才想起，这类故事是各处都有而人名各不相同的。所以，浙江的徐文长，四川便是杨状元，南阳便是庞振坤，苏州便是诸福保，东莞便是古人中，海丰便是黄汉宗……这类故事如果都有人去专门研究，分工合作，就可画出许多图表，勘定故事的流通区域，指出故事的演变法则，成就故事的大系统。

三、钟敬文著《呆女婿故事探讨》，原载于《京报》副刊，1928年5月2日。

"呆女婿故事，可说是很通行的，在民间传说中。它之集合关于人性愚骏方面之故事的大成（是所谓箭垛），正犹如徐文长之集合关于人性尖刻方面的故事之大成一样。"像这样意思的话，我不知道重复地说了多少回次。若我们承认徐文长一类的故事在中国民间故事中是很值得探究的，那么，同样地，我们对于这呆女婿的故事，也不能不加以相当的研讨。徐文长故事，已早有周作人、赵景深先生替他论述过；呆女婿故事，则除了故事的传写外，尚没有人肯把它探讨一下。

四、朴念仁（即周作人）编《徐文长故事》，原载于《晨报》副刊，1924年7月。

（小引）

儿时听徐文长故事，觉得颇有趣味，久想记录下来，不知怎地终于不果。现在偶遇机缘，就记忆所及，老实地写出。这些故事大抵各处都有类似的传说，或者篇篇分散，或者集合，属于一个有名的古人。英国《市本》（*Chapbook*）中有《培根长老的故事》，即以Roger Bacon为"箭垛"，插上许多魔术故事。南京旧刻有《解学士诗》，将许多打油诗都送给解缙，随处加上本书的叙述。我希望读者如知道这类有趣味的传说，高兴时记录一点，发表出来，不但可供学者研究之用，就是给我们素人看了消遣，也是很可感谢的。

（说明）

关于这一篇东西，我恐怕还须得有一点说明附在后面。第一，我这里所述那是我个人所知道的徐文长（Dzhiventzang），一定与别人所知道的有些不同，而且又是二十五六年前听过的话，此刻追记下来，一定有许多错误或缺少的地方，这都是要请大家加以指教的。第二，有些道学家及教育家或者要对我"蹙额"，以为这些故事都很粗俗，而且有些地方又有点不雅。这个批评未必是不中肯綮，不过我的意思是在"正经地"介绍老百姓的笑话，我不好替他们代为"斧正"。他们的粗俗不雅至少还是健壮的，与早熟或者老衰的那种病的佻荡不同——他们的是所谓拉勃来派（Rabelaisian）的，这是我所以觉得还有价值的地方。从道德方面讲，这故事里的确含有了不可为训的分子，如第七篇（卖鸡蛋的故事）里那样无理由地捉弄人，即其一例。然而我们要知道，老百姓的思想还有好些和野蛮人相像，他们相信力即是理，无论用了体力、智力或魔力，只要能得到胜利，即是英雄，对于愚笨孱弱的失败者没有什么同情，这只要检查中外的童话传说就可知道。现在我们又不把这些故事拿去当经书念，找出天经地义的人生教训来，那么我们正可不必十分认真了。天下之人太容易向文字上边看出教训，虽然他们实际上并不曾遵行任何教训，然而天下总已自此多事，鼓吹与禁止一样地都是这些庸人闹出来的了。

五、赵景深撰《徐文长故事》"序"，原载于《西湖文艺》编辑部"西湖丛书"之七《徐文长的故事》，1979年11月。

我认为，民间故事有一个特点：古人的故事，往往不一定就加在一个固定的人物的头上。它像蒲公英的种子一样，被风吹到哪里，就在哪里生根。徐文长的传说故事也是这样一种情况。如《廿年媳妇廿年婆》，这类故事在民间比较多，有的不是讲孙媳而是讲孙女要让破碗长大以后给她妈妈用。这类故事，我们中国有，德国格林兄弟也都有类似情节的故事，但都没有像本书写到的那样，是徐文长教她那样做，都是她自己的意思才这样做的。又如《昌安门比武》，说的是徐文长和李大比武的故事，我原来就听说过《柴堆三国》，即关于周仓和关羽比武的故事的。又如《埠船上讲故事》中的第三个故事，讲曹操八十三万人下江南，经过一座独木小桥，就让兵丁一个一个地走过桥。徐文长学着走路的"的笃的笃"的声音，就这样

"的笃的笃"地讲下去。听故事的人问:"怎么老是'的笃的笃'?"讲故事的人说:"是要这样——等过完桥才能往下讲哇!"这故事我也很早听到过,不一定真是徐文长讲的,大抵属于无名氏的口头传说。又如《落雨天,留客天》两句"五言"的改读,这也是个老笑话,还常被用来作标点符号的故事的。改读的人谁都可以,也不一定真是徐文长。不过,这本书的故事说徐文长并没有硬赖在主人的家里,只不过把这两句话在堂前纸上重新加了断句。可见,民间文学作品由于采集面和历代流传不断变化的关系,有时是允许改换古人的名字的。一件事可以传说是徐文长做的,也可以说是关羽或别的无名氏做的,只要在本质上不要违背历史的真实,是不妨大事的。

六、刘守华著《中国民间故事史》,湖北教育出版社,1999年。

至于徐文长故事,它虽然以明代著名文学家、风流才子徐渭(1521—1593)为原型,其实许多故事均出于附会、虚构。主人公不过是一个箭垛式人物,它不同于一般的名人传说。故事中既有他反对社会强暴,为下层民众伸张正义的一面,也有俗不可耐的恶作剧。这类故事在当时的流行,正如一位(20世纪)80年代的研究者([美]洪长泰)所揭示的:五四时期,大批现代民间文学家喜爱这个形象,归根结底,是他们通过徐文长的反儒学、反传统和蔑视权威的精神,找到了自己思想上的共鸣点……仍然以它流传的普遍性引人注目,称为"机智人物故事",激起了学人浓厚的研究兴趣。

[贰]徐文长故事的价值

三个多世纪以来，由于在绍兴民间流传的故事展现了徐文长超凡脱俗的文学艺术才华和乖戾狂傲、尖酸刻薄、机敏过人、诙谐幽默的个性和品质，具有浓郁的绍兴文化特色和乡土气息，使其成为绍兴民间老百姓心目中机智人物类的典型代表，作为历史悠久、流播广泛、传播方式多样、内容丰富、学术价值极高的民间口头文学，为研究绍兴文化以及精神特质提供了有益的资料。著名民俗学家钟敬文在《二十世纪中国民俗学经典》中说："过去民众的社会观感、社会批评，往往通过他们的韵语、笑话和幽默的台词、动作等艺术地表现出来。在这种意义上，一直到还被保留下来的民间文学、艺术作品，是我们研究过去民众心理和民众意见的丰富资料库。"

徐文长故事在流传过程中，内容日益丰富，地域日臻扩展，涉及的历史人物、人文古迹、文化纪念物也相应增多，特别是徐文长超凡脱俗的艺术才华、狂傲不羁的传奇人生、聪明过人的智慧谋略等，越来越为人们所熟悉和喜爱。徐文长故事具备了民间文学应有的民俗依存性、故事原生性、传承方式的口头性和内容的变异性等一切特征。在新的历史条件下，徐文长故事必将继续开创传承、创新之路，得到更加有效的保护和开发利用。

一、史学价值

徐文长故事作为一面反映历史的多棱镜，它具有研究历史的辅助功能。不同时代的民间文学，承载着所在时代的历史文化信息，"它真实地记载了人类的历史，因此，通过阅读和研究它们，可以获得许多有关该时代的历史知识，从中了解人民的生活斗争情况，从而认识人民的创造精神，尤其不可低估的历史价值"（刘守华《民间故事的艺术世界——刘守华自选集》）。

《民间故事的艺术世界——刘守华自选集》封面书影

　　传说离不开一定的历史人物、历史事件及实有的地方风物。很多时候，人们通过传说，述说历史发展中的现象、事件和人物，表达人民的愿望和观点，因此具有一定的历史性。明清以来留存的徐文长故事，具有研究历史的辅助功能。通过故事来探究明代绍兴民众的生活风貌和社会环境，是一份不可多得的材料，能起到补史、证史、正史的作用。

　　徐文长故事以明代中晚期为历史背景，主人公所处时代、社会、人文世态以及绍兴风情、习俗在故事中均有充分的披露和描述，反映的社会生活面相当广阔。其中有关封建统治者横征暴敛、穷凶极恶、欺榨百姓的行状，沉迷酒色、昏庸无道的贪官污吏的丑恶嘴脸，科举制度的种种弊端，地方劣绅、奸商恶霸及其帮凶走狗敲诈勒索、鱼肉百姓的无耻行径，以及长期饱受封建意识、传统思想观念束缚的穷苦百姓，人世百态、风土民情等，都给予了全面展示，从中可以了解到当时社会的生存状态和生活、斗争情况。

同时，通过徐文长故事，全面显示了徐文长的多面性。

民俗学者赵景深教授曾指出：徐文长故事"有的故事是相当认真严肃和有意义的，如《绝倭涂用兵》就是具有爱国主义精神的，相当接近于历史故事"（赵景深撰《徐文长的故事》"序"）。至于传说中有贴近史实的地方，如他被称为"幕友"，基本符合他供职于胡宗宪帐下的那段经历。

另外，如果我们仔细分析徐文长故事中蕴含的民众情感，并站在广阔的历史背景上观察，我们不难看出，徐文长是五四时期一代知识分子心目中的英雄。大批中国现代民间文学家喜爱这个形象。他们通过徐文长的反儒学、反传统和蔑视权威的精神，找到了思想上的共鸣点，徐文长故事中提出的许多问题，都喊出了五四时期一代知识分子要砸烂旧世界的心声。

二、文学价值

徐文长故事短小精悍，趣味盎然。它的文学价值在于：故事发生的历史背景、社会事件，故事主人公的传奇人生、惊世骇俗的艺术才华、超人的智慧、尖酸刻薄的言行举止、放荡不羁的狂傲形象等，具有不朽的艺术魅力，是诗歌、散文、电影、电视、戏曲、曲艺、小品等文艺样式进行创作、改编、移植的热门题材，并为之提供了丰富的参考资料。作为绍兴民众集体智慧结晶的徐文长故事，经过绍兴百姓的精心编织，反复锤炼加工，日积月累，其历史之悠久、内容之丰厚、容量之庞大、流传之广泛，为文学创作提供了取之不尽、用之不竭的源泉。

徐文长故事不仅是民间文学创作的热门话题，也为传记文学提供了有益资料，不少故事还丰富了传记文学的可读性和文学性。徐文长超凡脱俗、聪明过人的少年才俊形象，同情平民、呵护百姓的亲民形象，蔑视权贵、奋起抗争的斗士形象，造诣高深、才华横溢、独树一帜的巨匠级艺术家形象，尖酸刻薄、诙谐幽默的狂狷天才形象，足智多谋、善解疑难的绍兴师爷形象等，都值得当今的艺术家、戏曲表演艺术家用浓墨重彩去精心创作和塑造。

对于徐文长的某些所谓"负面"的文学形象，上海师范大学教授詹丹为《徐渭画传》作者写的序言值得我们思考："更有一部分故事是意在展示少年徐文长的一种反叛的性格，一种向传统挑战的姿态，一种向往自由的精神，其意义，远远超过展示其聪慧这一浅表层次的特点……在被雅人推崇的徐文长从事的艺术各门类创作中，我们看到了与俗人流传的少年徐文长故事的息息相通的那种元素……在最具本质的意义上，雅人与俗人得以携起手来，达成了理解与沟通。"

徐文长故事音像制品

　　如何正确地把握故事主人公徐文长这一艺术形象，既是一个新课题，也是一个大难题。近年来，绍兴市文艺界进行了初步探索和实践，并取得了可喜的收获。2001年初，绍兴电视台投入巨资拍摄了由叶坚、曾涛合作改编的电视连续剧《徐文长外传·都来看》（二十五集），让徐文长这一艺术形象进入了千家万户，受到绍兴民众的普遍欢迎。传记文学《徐文长传》以及绍兴莲花落《徐文长追债》、《徐文长三气窦太师》、《徐文长卖桥》、《徐文长引笑》等不同类型的作品，无不从中汲取了营养。

三、美学价值

故事主人公徐文长身上凸显的三大特质：真、爱（善）、美，具体而又生动，具有美学价值。

从艺术创造的角度说，徐文长是成功的艺术典型，有其艺术创造上的光彩和美学价值。其特质可用三个字概括：一个是真，一个是爱（善），一个是美。

徐文长的真，首先在于他是典型环境中的典型人物。他的形象塑造，既有原型为基础，又广泛集中、概括了来自生活中的大量素材。文学形象的真实性是与典型性紧密相连的。在所有的故事中，主人公身上的这种真，得以多角度、全方位地展现：

1. 他在诗赋、书画、音乐、戏曲等领域里展现出来的真才实学，在《戏台题联》、《大堂画》、《游湖题咏》等故事中得到极好的渲染。

2. 他对抗倭斗争的坚定不移，巧施韬晦之计、绝倭于化人滩的足智多谋，在故事中得到充分体现。

3. 他离经叛道，对封建统治者及其帮凶、走狗、恶奴进行无情嘲弄，疾恶如仇，在故事中得到充分展示。

4. 他对朋友、平民百姓真诚无私，热忱相待，在故事中有精彩的描述。

5. 他对弱势群体仗义疏财、百般呵护，在故事中有生动记录。

6. 机智过人、超凡脱俗的言行举止，在故事中得到热情颂扬。

7. 在故事中展现出的狂傲不羁、叛逆豪放的性格令人忍俊不禁。

8. 他虽穷困潦倒、坎坷一生，仍潜心于文学艺术的创作，给人以深刻的启迪和教育。

徐文长的爱（善），体现在爱国（如抗倭）、爱乡（惩奸罚恶）、爱民（济贫扶困）三个方面：

1. 徐文长一介书生，一生坎坷，郁郁不得志，却能对当时的社会主宰——封建统治者以及他们的走狗、帮凶给予无情的揭露、讥讽和惩罚，并巧妙地以子之矛攻子之盾，进行机智的抗争和较量，迫使他们败下阵来，低头讨饶。

2. 对于平民百姓呵护有加，为百姓提供巧妙的斗争策略，鼓励民众对朋友开诚布公、真诚相待，对生活充满信心，对缺点要勇于改正。故事主人公许多苦口婆心的教诲，犹如醍醐灌顶，给人以深思和启发。

3. 这里值得一提的是《化千成万宝中宝》，故事表现的是徐文长临终前仍关爱当地百姓，他把人类珍贵的精神财富——字、画、诗、文和人类赖以生存的宝中宝——粮食种子遗留给人们，鼓舞人们用劳动去创造美好的生活和未来，表达了绍兴百姓的美好愿望。

徐文长故事的美，既具体又丰满生动。故事主人公是一个多才多艺的艺术家，代表着明清画坛上浪激波涌的创新潮流；他的文艺涵养博大精深，诗文功底十分深厚，书画造诣异标独举。各种艺术门类无不擅长。许多故事展现了徐文长对真善美的孜孜追求，对假恶丑的无情鞭笞和"纵不为儒缚"的品格，身为布衣却不畏权贵，甚至蔑视传统，不为礼法所拘。他的爱国、爱乡、爱民情怀所展现的心灵美，他的离经叛道、狂傲不羁的品行和人格，在故事中淋漓尽致地展现了出来，让受众不仅得到身心的愉悦、心灵的震撼，而且受到有益的启迪及高雅艺术的熏陶、美的享受。

徐文长故事用较大篇幅展现他的诗赋的韵律美：用词精警，长于炼句，读来颇有气势；他的书画的意境美：笔力放纵，墨色淋漓，天机自发，气势纵横。阅读这些故事，使人仿佛身临其境，亲身感受诗、词、书、画艺术的魅力，回味无穷。

四、人文价值

故事所反映的绍兴人文古迹、民风习俗、方言俚语等，具有极高的人文价值。

来源于绍兴民间的徐文长故事，社会生活层面相当丰富而广阔。许多故事植根于绍兴民间，人物、生活场景、历史事件、社会习俗、传统理念，都与绍兴当地的风土人情、民风、民俗密不可分、休戚相关，可谓"真实地再现了当时当地的社会生活"。

各种类型的徐文长故事，深刻反映了绍兴民众的审美和价值取向，这也对绍兴地域文化和民俗学的研究具有较高价值。故事中反映出的社会关系、劳动场景、生产习俗、风土人情、思想理念等，都为人文学的研究提供了丰富的素材。正如顾颉刚先生所说："立国之久、地方之大、风俗之殊异，所以着手收集时便会'无穷无尽'。只要去做，便可得到很好的收获。"又说："这类故事如果都有人去专门研究，分工合作，就可以画出许多图表，勘定故事的流通区域，指出故事的演变法则，成就故事的大系统。"（顾颉刚著《孟姜女故事研究集》第一册）

绍兴风情

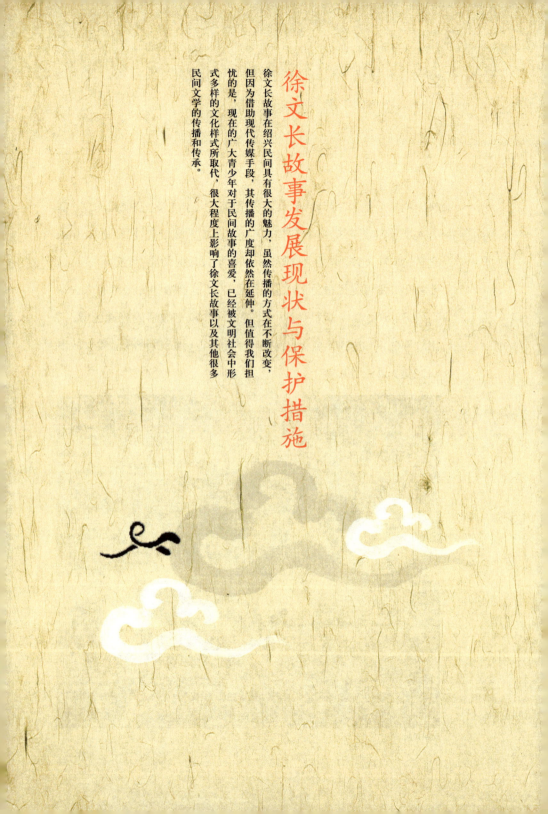

徐文长故事发展现状与保护措施

徐文长故事在绍兴民间具有很大的魅力，虽然传播的方式在不断改变，但因为借助现代传媒手段，其传播的广度却依然在延伸。但值得我们担忧的是，现在的广大青少年对于民间故事的喜爱，已经被文明社会中形式多样的文化样式所取代，很大程度上影响了徐文长故事以及其他很多民间文学的传播和传承。

徐文长故事发展现状与保护措施

　　在漫长的农耕社会中，弄堂小巷、台门桥头，茶余饭后、夏日纳凉之时，往往有人在那里讲述各种各样的故事。随着现代文明社会的发展，人们的生产生活方式发生了极大的变化，民间故事的传讲场所逐渐消失，很大程度上使传统的口耳相传的传播形式产生障碍。

非物质文化遗产普查

非物质文化遗产普查现场会

非物质文化遗产普查成果

徐文长故事在绍兴民间具有很大的魅力，虽然传播的方式在不断改变，但因为借助现代传媒手段，其传播的广度却依然在延伸。但值得我们担忧的是，现在的广大青少年对于民间故事的喜爱，已经被文明社会中形式多样的文化样式所取代，很大程度上影响了徐文长故事以及其他很多民间文学的传播和传承。

当地文化行政部门和文化业务单位，有志于民间文学的专家学者，以及故事传讲者，正在把徐文长故事的传承作为责任，通过保护徐文长故事的文物古迹，收集、记录、整理、出版徐文长故事，创作与徐文长故事相关的文学艺术作品，把讲故事送进课堂、社区等方式，使传承工作得以延伸。

[壹] 徐文长故事相关遗存

民间传说，不论是人物、地名、风物等，常常会由一个或几个文化纪念物而唤起人们的记忆，并在人民群众中口耳相传，保存下来。由于社会生活的变革，尤其是地域经济的开发，水利、城建、住房的兴建和道路的拓展等，与传说故事相关的文化纪念物多有毁坏。如徐文长故事最为密集的绍兴城区以大乘弄观巷徐渭故居为中心的十公里范围内，不少有名的故事依附点或破败，或毁坏。当地目前仍可找到的相关古迹有：

1. 徐渭故居青藤书屋，是徐文长出生地、读书处，为明代民居，被公认为我国绘画史上青藤画派的发源地。徐渭在此屋居住

绍兴市大乘弄徐渭故居

二十余年，后因境遇坎坷，清贫如洗而迁居。此后百余年间，青藤书屋屡次易主，所幸几代屋主皆诗书之人，对徐渭礼敬如宾，才得以妥善保留至今。新中国成立后，屋主陈永年后裔将书屋捐赠给国家，由绍兴市文管委予以整修，正式对外开放。"文化大革命"时期，青藤书屋一度遭殃。粉碎"四人帮"后，市文管委派员按"整旧如旧"的原则，谨慎施工，恢复原样。这个闻名遐迩的书画胜地终于绽放异彩。

2. 与印山越王陵相距一里的姜婆山东北麓（木栅村），是徐渭及其家族的墓地。徐文长于1593年在贫病交加中死去，卒年七十三岁，死时以稻草裹身，木棺草葬于此，也无墓冢。现墓于

1988年在原址重建，平面呈方形，墓圈用条石叠砌，顶覆草皮，墓前立一石碑，上书"明徐文长先生之墓"八字，系书法家沙孟海先生手书。简陋朴素的墓地，是徐渭晚年穷困潦倒的真实写照。1998年，绍兴县文保部门在徐渭墓地构筑围墙，占地三亩，重砌墓道，新修了碑亭、碑廊，开辟了徐渭纪念馆，从而丰富了墓地景观。

3. 绍兴城南会稽山脚有一重镇——南镇，是徐文长与文友泛舟游历的必到之处，《南镇留墨》的故事即发生在此。故事中提到的大禹陵、南镇殿、石屋塔院等景物，坐落在香炉峰脚下。徐文长因庙当家的请求而亲笔题写的"深秀"和"一维十道"书法碑、匾，曾设置在庙宇院中和大殿门上，可惜在"文化大革命"时期全被毁坏殆尽，至今难以恢复。

大禹陵碑亭

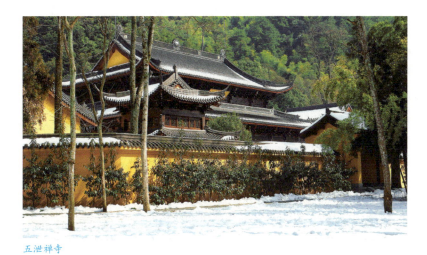

五泄禅寺

4. 诸暨市五泄禅寺是青年徐文长游历过的地方，九曲十八弯的五泄山道，层层梯田，潺潺溪水，碧绿茶园，曾使他乐在其中，流连忘返。他与山姑村女吟诗对歌的艳遇，与山中老者的恳谈，离别前为寺院题写的匾额等，构成了《七十二峰深处》这一故事。如今，诸暨市文物部门出巨资对年久失修的禅寺进行拓展和修缮。禅寺左面的石壁上刻有徐渭"七十二峰深处"的题词。

5. 绍兴城内原山阴、会稽两县的分界河——官河和利济桥，是故事《山阴勿管，会稽勿收》的发生地，这里一直是两县百姓来往的交通要道。利济桥虽历尽沧桑，仍风韵犹存。

6. 发生在绍兴城内大云桥三元点心店的故事《写招牌》，时过境迁，其历史遗存已很难寻觅。但故事发生地大云桥仍在。

7.《绝倭涂用兵》的故事发生地西跨湖村、柯山、州山、化人滩（后改名"绝倭涂"）至今尚存，后人特地在化人滩上建造的纪念为抗倭而英勇牺牲的农民英雄姚长子的纪念碑和纪念祠得以修复和扩建，成为爱国主义教育基地。

8.《尸体落河》是发生在绍兴五云门头的故事。当时的五云门，商铺林立，河道纵横，车来船往，生意兴隆，一片繁华。由于城建和交通改造的需要，如今旧貌换新颜。迪荡新区的崛起，改变了原地的格局，显露出了超前的繁华和都市的新格局。

9. 绍兴城南的南池和廿亩头，是《免死金牌》故事的发生地，如今，随着"城中村"改造工程的实施，这里已经呈现出城镇社区化的景象。除仍保留原有的地名外，几乎难以找到故事发生时的本来面目。

今日五云门

徐文长故事的文化纪念物及历史遗存依附在绍兴城内还有很多，如《僧在有道》中的绍兴知府衙门，《贡院考试》之贡院，《府学宫斗钦差》之府学宫，《青天高一尺》之山阴县衙，《猪猡朝奉》之当铺以及其他故事中涉及的茶肆、酒楼、凉亭、水果店、水乡戏台、庙宇、街巷、桥

城南坡塘石宕庙

埠、门楼等。这些遗址或早已湮灭，或面目全非，少数仍保存至今的，有的空有其名，有的风光不再，这是十分可惜的。

综上所述，徐文长故事的遗存现状，令人喜忧参半。忧的是一些重要的文化纪念物惨遭毁损，难以补救；喜的是徐渭故居、徐渭墓等文物遗迹已列为全国重点文物保护单位，有的进行扩建、修缮后正式对外开放。由于得到有效保护、管理和开发利用，将有助于徐文长故事的流播。

[贰]徐文长故事保护历程

新中国成立以来，文化行政部门十分重视对民族民间文化遗产

的搜集、整理、保存和民间文艺的保护研究。浙江省所属市、县各级政府热烈响应，积极行动，以此为契机，开展了大规模的民间文学普查工作，绍兴市政府多次组织文化行政部门和市群艺馆、县（市）文化馆、乡（镇）文化站工作人员，组成采风小组，深入城乡进行普查、搜集，这一史无前例的普查活动，为全面选编、出版徐文长故事提供了许多宝贵的第一手资料。据统计，当年有关民间文学普查项目共两千三百零四项，其中搜集、整理的《徐文长故事》就有三百多个。2008年3月至7月，在全市范围内开展的非物质文化遗产普查活动中，又搜集到此类故事近七十篇，并相继拨款二百多万元出版了《民间文学丛刊》、《徐渭（文长）故事》、《徐文长故事》、《徐文长传》、《徐文长书艺故事》、《漫画徐文长》、《越地奇才——徐文长》等书，以及市、县（区）、乡镇（街道）各级"非遗"普查资料汇编本一百余种。

绍兴电视台以徐文长生平轶闻趣事为主线，于2001年投入资金约五十万元拍摄由叶坚、曾涛合作改编的电视连续剧《徐文长外传·都来看》（二十五集），受到观众普遍好评。

绍兴市大乘弄观巷徐渭故居·青藤书屋和绍兴县木栅·徐渭墓于2006年被列为全国重点文物保护单位；绍兴市、县政府和文化、旅游主管部门，近年来先后拨出专款约七十万元，切实加强这两个重点文物保护单位的修缮保护和旅游开发业务，努力扩大宣传和影响。

2006年以来，绍兴市群众艺术馆组织工作人员对徐文长故事进行社会调查，走村串户搜集相关资料，通过多种途径走访传讲人，精心组织拍摄《徐文长故事》专题片，进一步加强对徐文长故事有关资料的搜集、整理，同时，查访徐文长故事的传讲人，摸清传承情况。2008年6月，徐文长故事被列入第二批国家级非物质文化遗产名录。

2010年，绍兴市群众艺术馆组织绍兴师爷讲故事活动，整理广泛流传于民间的传说、故事，邀请擅长表演的非物质文化遗产传承人，以讲故事的形式，传讲以徐文长故事为主要内容的绍兴民间故事。邀请相关的专家学者开展学术研讨，同时积极开拓宣传、传播渠道，让徐文长故事走出国门，走向世界，促使徐文长故事这一珍贵的非物质文化遗产得到有效的保护和传承。

绍兴师爷讲故事活动

经过上述数次有关徐文长故事的采风活动、民间文学和非物质文化遗产普查工作，以及大量徐文长故事的出版，不仅为海内外仰慕徐文长艺术才华的广大读者提供了极富传奇色彩的生动故事，而且也为传讲徐文长故事的民间曲艺人员和参与徐文长故事传讲的中小学生提供了全面、丰富的蓝本，推动了徐文长故事传讲普及活动。此外，大量与徐文长故事相关的通俗读物的出版和对徐文长故居、墓地进行旅游项目的深度开发，已成为弘扬非物质文化遗产徐文长故事的有效途径，十分有利于徐文长故事的长久流传、有效保护。

徐文长故事的陆续发表、出版，在省内外引起较大反响。但是，从历次对民族民间艺术资源和"非遗"普查活动情况看，美中不足的是，当时民间文学采录者只注重采访故事而缺乏对讲述者传承身世的详细记录，即使有所记录也极为简单。时过境迁，不少传讲人如今年已古稀，有的早已作古，这给重新普查、核实、抢救有些民间故事带来了很大的困难。

[叁] 徐文长故事传承规划

中国共产党第十七次全国代表大会工作报告中指出，要重视文物和非物质文化遗产的保护，弘扬中华文化，建设中华民族共有的精神家园。保护文化遗产，既是一项刻不容缓的历史使命，更是一项长期的工作任务。

根据上述精神，绍兴市政府文化行政部门和文化业务单位已经在徐文长故事的传承和保护方面做了不少有益的工作。在徐文长故事进入国家级非物质文化遗产名录之后，更将认真研究、周密安排，逐步实施保护工作。

第一，完成普查工作。2008年，对覆盖全市一百一十八个乡镇的非物质文化遗产展开普查，对徐文长故事也进行了一次全市性的采集，在原先搜集的故事基础上增加了七十多个。还需进一步摸清徐文长故事流传历史、故事篇目、传讲人才、流传区域等情况，并建立档案。同时，将通过媒体继续向社会广泛征集徐文长故事篇目，使故事的搜集更加完整，并出版《徐文长故事全集》。

第二，大力开展传承人培训，组织传讲活动。故事的传承和保护，关键在传讲。利用各种场合，采取各种形式，特设故事专场，提高传播的辐射力，让徐文长故事传至四面八方。为提高传讲故事的效果，要对传讲人组织培训，提高讲故事的吸引力，并通过成人和青少年讲故事比赛，扩大社会影响。

第三，设立徐文长故事等民间文学传承基地。要以中小学为主体，设立徐文长故事传承基地。通过代表性传承人与传承基地的密切联系，在传承基地开设相关课程，定期组织故事传讲，使徐文长故事真正生根发芽，取得长期、广泛的传播效果。

第四，政府部门建立代表性传承人津贴制度。根据代表性传

故事传讲进学校

承人开展传承活动的情况，给予一定的津贴，以支持传承活动的开展。

第五，重视与徐文长相关的古迹的保护。对于当地徐文长故居、墓地，以及其他故事中为绍兴民众所熟悉的地址及文化纪念物，加大保护和宣传力度，使更多的本地人和外地游客了解徐文长，并进一步了解、熟悉相关故事。

第六，开展学术研究活动。对搜集到的徐文长故事进行整理、分析，并与其他重要的民间文学内容进行横向比较，研究蕴含在徐文长故事中的绍兴人民的审美取向、心理特质等。徐文长故事有着可贵的精神价值，通过研究，真正完成真、善、美的传承。研究成果

参加讲故事比赛的少儿选手

结集出版。

　　徐文长故事是绍兴民众的宝贵财富,是绍兴人民珍贵的非物质文化遗产,保护、开发和利用好这份弥足珍贵的文化遗产,是一项长期而艰巨的工作,需要一代又一代人的努力。

　　近年来,绍兴市的非物质文化遗产保护事业,在市委、市政府的重视、关心和社会各界的大力支持下,取得了显著的成绩,但还有大量工作要做。面对非物质文化遗产保护的紧迫形势,抓好非物质文化遗产保护工作,刻不容缓。只有努力发扬敢为人先的创新品格,重视维护文化生态环境,重视文化的可持续发展,重视科学发展观的实践,勇于探索,创新经验,才能取得非物质文化遗产保护工作的新成绩,把绍兴市非物质文化遗产保护事业提高到一个新水平,开创绍兴文化建设的新局面,谱写绍兴文化事业的新篇章。

附录: 徐文长故事部分存世文本目录

一、陶茂康创刊的《民间》月刊第六期"民间故事"《徐文长故事》目录

1. 狗麦；2.疥疮；3.买豆腐；4.题对；5.换料；6.嗅面孔；7.下毛；8.卖菜；9.演对巧对；10.写寿联。

二、林兰编《徐文长故事集》目录

1. 掉裤；2.嘴对便壶；3.悖时鬼；4.上头还有一撇；5.哥哥，你好吧；6.口袋取钱；7.智捏少妇脚；8.嗅妇女的脸；9.骗小姨脱裤；10.设法接吻；11.赢到食；12.同她睡一夜；13.装僧小便；14.装女调僧；15.磬有余（魚）；16.以打为不打；17.床前绣鞋；18.布施万忽（福）；19.谁吃了粪；20.买鸡蛋；21.缸几钱一个；22.屠户被抓；23.戏弄粪夫；24.喝茶上当；25.买柴一根；26.弄父出屎；27.用刀杀妻；28.巧服恶妇；29.死丐凶恶过恶夫役；30.咬耳胜讼；31.父有董卓之行；32.打落门牙；33.牛吃麦苗；34.寡妇改嫁；35.免杀某盗；36.移尸；37.讼胜得羊；38.捉弄医生与棺材老板；39.借钱不还；40.混蛋骂谁；41.调媳；42.学生挨打；43.先生跌落茅厕；44.唤"都来看"；45.出来瞧；46.谎你的；47.罚送石磨；48.被角写字；49.憎厌白须；50.石匠受骗；

51.奸哭丈母；52.不像人了；53.一首诗压倒太守；54.物归原处；55.三呼堕贫（瓶）；56.天下大平；57.对诸宾不欢；58.踢子；59.发根；60.讥讽麻面郎君；61.怪字；62.咏蚊诗；63.咏蚊虫；64.点心店；65.玉衡山房；66.虫二；67.看大船去；68.考秀才；69.见于著述的遗事；70.天雨留客；71.批考卷；72.物色继室；73.写对；74.对联嘲僧；75.读祭文；76.省煤省力；77.得了一匹布；78.摔碎玉器；79.断案；80.牵狗；81.赚坐；82.骂官；83.带尾子骂人；84.卖乌龟的；85.下骡子；86.官服出恭；87.得钱十串；88.烫坏宾客；89.短衣遇岳父；90.花钱免灾；91.一两酒；92.玩弄矮子；93.竿顶取物；94.巧过竹桥；95.打破油瓶；96.腌菜；97.临终毁妇容；98.裸体遇妻；99.衣沾粪浆；100.斗智失败；101.杀妻坐监；102.咏诗受辱。

三、钟敬文编纂的刘大白遗著《故事的坛子》目录

1. 序（钟敬文）；2.坛子的泥头（自序）；3.故事的坛子（三十三篇）；4.故事拾零（八篇）；5.我所闻见的徐文长故事（一）、（二）；6.附录。

四、杭州《西湖文艺》月刊编辑部和绍兴县文化局编《徐文长的故事》目录

1. 前言；2.智取礼物；3.比力气；4.踢踺子；5.赶考；6.结交；7.助人解危；8.一头牛和一斤油；9.僧在有道；10.三难窦太师；11.窦太师反难徐文长；12.府学宫斗钦差；13.山阴勿管，会稽勿收；14.青天高一尺；15.做媒；16.泰山石敢当；17.竹苞；18.海山先生和玉衡山房；19.棺材店老板与巫婆；20.一百文钱一只桃；21.写招牌；22.三两九和三两酒；23.惩罚地头蛇；24.痛骂剥皮老爷；25.狱中救盐民；26.智歼倭寇；27.二圣祠题联；28.大堂画；29.少年寡妇改嫁；30.恶媳妇改过；31.比武艺；32.二三寸心起波浪；33.磬有余和呱呱呱；34.讲故事；35.何忍于心；36.落雨天留客天；37.迟了三个月；38.西湖救渔民；39.西湖题诗。

五、"浙江民间文学丛书"之一《徐文长的故事》目录

宝中宝；48.后记。

六、《浙江民间文学集成·绍兴市故事卷》目录

1. 竿上取物；2.对课；3.卸御赐金牌；4.大堂画；5.田水月画群猫；6.三江题联；7.游湖题咏；8.魁星阁题联；9.写招牌；10.借佛骂剥皮；11.山阴勿管，会稽勿收；12.一头牛和一斤油；13."嫁乎？不嫁？"；14.舌战赵文华；15.寿堂斗智；16.打官司；17.告状；18.巧对服将军。

七、绍兴市少年宫、绍兴市越城区文教局编《绍兴民间传说》目录

1. 徐文长名字的传说；2.山阴勿管，会稽勿收；3.三个"萝卜"；4.智斗大财主；5.巧除恶霸；6.题画改诗；7.巧计换宝瓶。

八、《中国民间文学集成·浙江省绍兴市嵊县故事、歌谣、谚语卷》目录

1. 徐文长拜堂；2.徐文长讲空话；3.徐渭三江书楹联。

九、李韩林编著《徐文长传》目录

1. 巧对难知县；2.看相；3.难倒窦太师；4.比力气；5.叔叔骑马到诸暨；6.吃罗汉豆中秀才；7.考场写长文；8.天字诗；9.卖官桥；10.为虎作"伥"；11.青天高一尺；12."嫁，嫁，嫁！"；13.为屠夫脱罪；14.做媒；15.一个乌龟一个鳖；16.加倍索还银子；17.利息三两酒；18.十七字诗；19.富家十口尸；20.吃饭不动下巴；21.麻子一脸星光；22.十八

层地狱不吃肉；23.为一枚铜钱评理；24.当掉债主的皮袍；25.隆庆无甲子；26.鱼行店王个个草包；27.斗米斤鸡；28.两颗良心一般黑；29.一百文钱一只桃；30.买头痛膏药；31.买二三斤缸；32.买茶壶柄；33.一担铜钱桥两头；34.猪猡朝奉；35.面面相觑、莫名其妙；36.鸡笼背走了；37.贪小失大；38.恶狗吃书；39.打狗儆主；40.秃驴"和尚"；41.智赚县印；42.一点一竖为民释嫌；43.盗镯掀被；44.结交；45.羞走神仙；46.竖蜻蜓；47.迟早三个月；48.警诫白食鬼；49.薯皮生糠治懒病；50.红白诗与酒壶诗；51.说亲；52.凉亭比梦；53.何忍于心；54.化千成万宝中宝。

十、吴传来、黄蔡龙主编"中国文化名城绍兴民间故事丛书"之一《徐渭（文长）的故事》目录

十一、《绍兴市"非遗"普查汇编本》"徐文长故事"目录

昌县回山镇）；4.南镇详梦（绍兴市稽山街道）；5.打官司（绍兴市灵芝镇）；6.画寿桃（绍兴市灵芝镇）；7.何忍于心（诸暨市）；8.山阴勿管，会稽勿收（诸暨市店口镇、泄浦镇，绍兴县柯岩镇）；9.尸体落河（绍兴县兰亭镇）；10.计惩恶少（绍兴县兰亭镇）；11.计助长工（绍兴县兰亭镇）；12.对诗揉渡船（绍兴县兰亭镇）；13.拔毛沽酒（绍兴县兰亭镇）；14.巧取赔款（绍兴县兰亭镇）；15.题字兴酒店（绍兴市陶堰镇）；16.撰联传佳话（绍兴市陶堰镇）；17.对联讽财神（绍兴市陶堰镇）；18.泰山石敢当（绍兴县兰亭镇）；19.都来看（诸暨市王家井镇五中村杨家）；20.讲空话（嵊州市谷来镇吕岙）；21.拎火腿（嵊州市谷来镇）；22.困寡妇（嵊州市谷来镇）；23.拜堂（嵊州市谷来镇吕岙）；24.都来看（上虞市驿亭镇）；25.骗女拜堂（上虞市驿亭镇）；26.计散念佛场（上虞市驿亭镇）；27.徐文长与卖缸人（上虞市驿亭镇）；28.智蹭丧宴（上虞市驿亭镇）；29.智窃县官夫人内裤（上虞市驿亭镇）；30.捉弄念佛老太（上虞市驿亭镇）；31.徐文长与九岩村水月庵（绍兴县钱清镇）；32.卖缸、抬料（绍兴县富盛镇）；33.喝白酒（诸暨市浣东镇）；34.智斗考官（诸暨市店口镇）；35.赶考遭贬（诸暨市店口镇）；36.卖缸佬喝尿（诸暨市店口镇）；37.与人争妻（诸暨市店口镇）；38.四两九与四两酒（诸暨市店口镇）；39."心"字少一点（诸暨市王家井镇）；40.何忍于心（诸暨市牌头镇）；41.调排寡妇（新昌县回山镇）。

十二、绍兴市文联漫画艺委会《茴香豆》刊载的《漫画徐文长故事》目录

1. 棉被改姓；2.露脚对联；3.一株不卖；4.巧吃白食；5.书画诵"三师"；6.卖瓜启事；7.代作寿联；8.渡头诵诗；9.巧题对联；10.讨回工钿；11.戏弄钦差；12.出卖官河；13.不可随便；14.僧在有道；15.难倒太师；16.青天高一尺；17.一壶酒诗；18.何忍于心；19."竹苞"匾额；20.文长做媒；21.南镇题匾；22.南镇详梦；23.三两九与三两酒；24.二圣祠题联；25.二丨字状子；26.有早有迟；27.西湖赋诗；28.用手对课；29.添字改诗；30.智胜太师；31.智歼倭寇；32.作诗救人；33.对课解忧；34.草木才子；35.题写"竹林居"；36.题联三江闸；37.接联治病；38.舌战赵文华；39.气煞知县；40.教训"全归我"；41.烧饼骗墨宝；42.落榜有因；43.比谁力大；44."涡"鸡搭牛；45.又施一计吃白食；46.上坟船里治员外；47.捉弄泼妇；48.巧施水墨应付笔债；49.徐文长与"绍倒悔"；50.智吻纺织女；51.用小钱吃大餐。

十三、李永鑫主编《越地奇才徐渭》（上、下册）目录

1. 前言；2.竿上取物；3猜帽子；4.比力气；5.对课；6.童年难倒张会元；7.徐文长认亲娘；8.该当何罪；9.拔毛过酒仙赠藤；10.斗米斤鸡；11.做媒；12.徐文长路经枭姬祠；13.僧在有道；14.竹苞；15.徐文长酒楼题菜名；16.写呈子；17.二圣祠题联；18.徐文长经商；19.一头

狗救一命；167.戒赌诗；168.杖刑赏贪官；169.一划百两银；170.师爷
做"贼"；171.一毛不拔；172. 游灵隐作联；173.妙诗讽贪官；174..我
叫——你爷爷；175.分玉镯；176.巧改牡丹画；177.奇画戏巨商；178.
炒石狮；179.妙诗秀贵客；180.板子县官；181.夺镯揭被；182.智闯"百
美宴"；183.无赖吃屎；184.巧贴春联；185.一氅里的醋；186.气节；
187.赔儿子；188.嘲讽吝啬鬼；189.吊贼；190.写寿联；191.徐渭杀妻
的故事；192.桐乡狼烟；193.绝倭涂之战；194.人言可畏必有的放矢；
195.后记。

后 记

2008年6月，国务院下发《国务院关于公布第二批国家级非物质文化遗产名录和第一批国家级非物质文化遗产扩展项目名录的通知》（国发[2008]19号文件），徐文长故事被列入第二批国家级非物质文化遗产名录。为保护徐文长故事这份珍贵的文化遗产，本书根据"浙江省非物质文化遗产代表作丛书"编撰委员会制定的编辑出版方案的要求，讨论拟订编撰方案和撰写提纲，组织专家认真编写。

本书在汇集资料、分类选择、具体编写的过程中，充分采用了这样三批资料：第一批为"四库全书存目丛书"、《明史》，以及明清以来的绍兴府志、县志、市志等典籍；第二批为民国时期顾颉刚、周作人、李小峰、陶茂康、刘大白等人搜集的徐文长故事及徐文长故事研究文章；第三批为新中国成立以来的有关书籍和研究资料，主要有吴传来、黄蔡龙主编"中国历史文化名城绍兴民间故事丛书"之一《徐渭（文长）故事》，李韩林编著《徐文长传》，丁家桐著《东方畸人·徐文长传》，徐崟著《徐文长》，绍兴市及绍兴市越城区、上虞市、嵊州市民间文学集成办公室编印的民间故事卷，由谢德铣、阮庆祥、寿能仁、李韩林采录编写的《徐文长的故事》等文本。上述诸多文献资料及徐文长故事的有关文本是编写本书的基础，在此谨向前辈们表示感谢。

本书执笔为王浩先同志，编委会成员共同完成文稿修改、照片拍摄、后期编辑等工作。本书在编写过程中，曾得到文化部门有关领导以及洪中良、裘仕雄、张观达、周苇棠、吴传来、寿能仁等文化界人士的指导和帮助。在文献资料采集过程中，得到了绍兴图书馆历史文献部、外借部、报刊部等部门工作人员的热忱相助，为本书的编写提供了翔实而丰富的资料。浙江省非物质文化遗产专家委员会专家丁东澜、顾希佳教授认真审读书稿并提出了宝贵意见，顾希佳教授还提供了许多珍贵的文献资料。

编者认为，要全面、系统地阐述、评价徐文长故事有着很大的难度。本书存在的不足之处，恳请专家、学者及广大读者批评指正。

编者

2011年7月

责任编辑：唐念慈
装帧设计：任惠安
责任校对：程翠华
责任印制：朱圣学

装帧顾问：张　望

《徐文长故事》编委会
主　　编：李永鑫
副 主 编：胡华钢　范机灵　吴双涛
编　　委：俞　斌　王浩先　李　弘　陈　晓
摄　　影：陈　新　郭　斌等

图书在版编目（ＣＩＰ）数据

徐文长故事 / 李永鑫主编；王浩先编著. —杭州：浙
江摄影出版社，2012.5（2023.1重印）
（浙江省非物质文化遗产代表作丛书 / 杨建新主编）
ISBN 978-7-5514-0108-1

Ⅰ.①徐… Ⅱ.①李… ②王… Ⅲ.①民间故事—介绍—
浙江省 Ⅳ.①I207.7

中国版本图书馆CIP数据核字（2012）第096712号

徐文长故事

李永鑫　主编　王浩先　编著

全国百佳图书出版单位
浙江摄影出版社出版发行
　　　　地址：杭州市体育场路347号
　　　　邮编：310006
　　　　网址：www.photo.zjcb.com
经销：全国新华书店
制版：浙江新华图文制作有限公司
印刷：廊坊市印艺阁数字科技有限公司
开本：960mm×1270mm　1/32
印张：6
2012年5月第1版　　2023年1月第2次印刷
ISBN 978-7-5514-0108-1
定价：48.00元